LITTLE HOUSE ON THE PRAIRIE

増補改訂版

大草原の小さな家

ローラのふるさとを訪ねて

文●ウィリアム・T・アンダーソン
構成・訳・文●谷口由美子
写真●レスリー・A・ケリー

求龍堂グラフィックス

日没…キャンザスの大草原

●この本を読んでくださるみなさんへ●

　ローラ・インガルス・ワイルダーが、"小さな家シリーズ"を1932年に書きはじめたとき、ローラは、自分や自分が暮らしたところがこれほど有名になるとは、夢にも考えていませんでした。彼女は、ただ、自分の家族が1870年代、1880年代のアメリカの、森や大草原で暮らした開拓生活の喜びや苦しみの記録を、一つの物語として保存しておきたいと思って、それを書いたのです。

　「これは家族の物語です。わたしは、それがのちのちまで残されるべきだと思ったのです。消えてしまうのはもったいないほど、すばらしい物語だからです。」と、ローラはいいました。第１巻の『大きな森の小さな家』は、1932年に出版されました。ローラが65歳のときです。これはたちまち大評判になりました。こうして、ローラは、開拓娘の生活を、さらに７冊の本にあらわしたのでした。

　小さな家シリーズ…『大きな森の小さな家』『農場の少年』『大草原の小さな家』『プラム・クリークの土手で』『シルバー・レイクの岸辺で』『長い冬』『大草原の小さな町』『この楽しき日々』は、ローラがいったように、「読者がもっともっと続きをと催促した。」ために書かれたのです。中でも、最も有名なのは、『大草原の小さな家』でしょう。これが、テレビでロング・ランのドラマの原作なのです。

　1957年、ローラが90歳の天寿を全うしたあと、さらに２冊の本がシリーズに仲間いりしました。『わが家への道―ローラの旅日記』は、作家である娘のローズ・ワイルダー・レインによって出されました。また、『はじめの四年間』は、ローラの下書き原稿や手紙の中から発見されたものです。

　ローラは長生きして、自分の本が世界じゅうの人々に読まれ、愛されるのをみることができました。ローラは、よくこういいました。「わたしの本がたくさんの人々に読まれているのを知るのは、とてもうれしいことです。」本の人気についてきかれると、ローラは、これは、ほんとうにいた人々と、ほんとうにあった場所がえがかれているからでしょう、と答えました。

　まさに、その通りなのです。なぜなら、登場するのはローラの家族ですし、最後の３巻のヒーローは、彼女の夫アルマンゾだからです。物語の舞台は、インガルス一家とワイルダー一家がほんとうに住んだところで、アメリカの中央部に点在しています。

ローラの生地で、物語の始まりである『大きな森』は、ウィスコンシン州のペピン近くです。インガルス一家が、はじめて開拓生活を始めたインディアン・テリトリーは、キャンザス州のインディペンデンスの町近くですし、『プラム・クリーク』は、ミネソタ州のウォルナット・グローブを流れています。『大草原の小さな町』は、サウス・ダコタ州のデ・スメットです。『農場の少年』であるアルマンゾは、その少年時代を、ニューヨーク州のマローン近くで過ごしました。1894年、ローラとアルマンゾと娘のローズは、開拓生活最後の旅に出て、ミズーリ州のマンスフィールドに落ち着きました。ローラの自伝的物語から省かれているのは、少女時代の２年間だけです。そのとき、一家はアイオワ州のバー・オークにある小さなホテルをやっていました。

　ローラの読者たちは、本の舞台がほんとうにあるのを知ると、そのゆかりの地を訪れはじめました。ローラがまだ生きていたころでも、ファンは、ローラが60年以上も暮らしていた、オウザーク丘陵のマンスフィールドにある農家へやってきました。ローラが住んだところをすべて見てまわるファンもいました。そして、それは今も続いています。

　うれしいことに、今日、ローラの住んだ町はどれもローラを誇りにし、ほめたたえています。彼女が住み、物語に書いた家は、まだ残っています。インガルス、ワイルダーゆかりの町はすべて、１世紀も前に生きていたローラたちを記念して、古い家を修復し、史跡として保存しています。

　毎夏、ウィスコンシンの丸太小屋や、デ・スメットの家や、マンスフィールドの農家のとびらは、ローラ・ファンのために開かれます。かつて、ローラがとびまわった大草原で、野外劇が上演されます。博物館では、ローラの生涯や物語を彩る人々をしのばせる品々を保存展示しています。

　ローラの物語は、消えることなく続きます。そして、ローラを愛する人々のために、この本は、アメリカの胸おどる開拓時代を生きたローラの一生に、再び光をあててくれるでしょう。

William Anderson

ウィリアム・T・アンダーソン

黄色い花のじゅうたん…ミネソタの野原

●ローラの旅の地図●

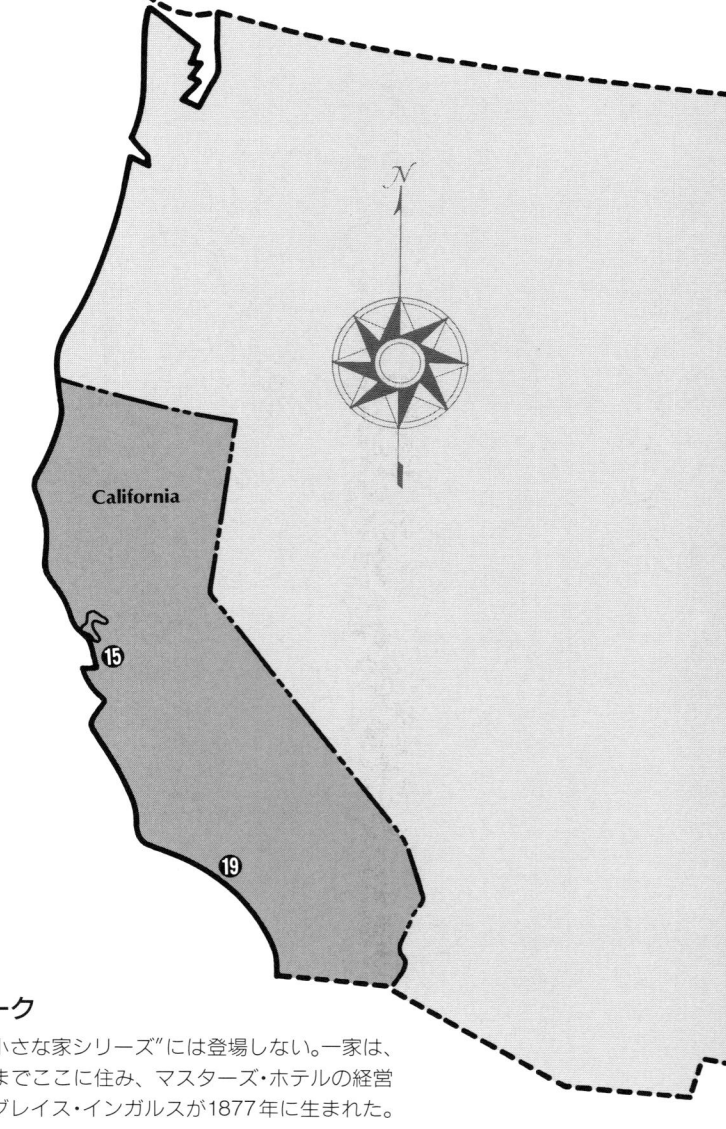

1…キューバ

　ローラ・インガルス・ワイルダーのとうさん、チャールズ・フィリップ・インガルスが1836年に生まれ、育った地。

2…ブルックフィールド

　ローラのかあさん、キャロライン・クワイナーが1839年に生まれた地。おそらく、かあさんが、このあたりで生まれた初めての白人の子供だったろう。

3…コンコード

　チャールズとキャロラインが1860年2月1日に結婚した地。2人の新婚生活は農業でスタートした。

4…ペピン

　ウィスコンシンの深い森に、チャールズとキャロラインは移り、開拓生活を始めた。1863年、2人は、ペピン湖から11キロの開墾地に落ち着いた。ここが『大きな森の小さな家』の舞台であり、メアリ・インガルスが1865年に、ローラが1867年に生まれた。

5…モントゴメリ郡

　1869年、とうさんは西部にあこがれて、この地へ移ってきた。ここは、当時インディアン・テリトリーであり、大草原にはオーセージ族インディアンと、わずかの開拓者がいるだけだった。『大草原の小さな家』の舞台は、インディペンデンスの南西20キロの地である。キャリー・インガルスが1870年に生まれた。

6…ウォルナット・グローブ

　『プラム・クリークの土手で』の舞台。インガルス一家は1874～76年までと1877～79年までの2回、ここで暮らした。

7…バー・オーク

　ここは、"小さな家シリーズ"には登場しない。一家は、1876～77年までここに住み、マスターズ・ホテルの経営を手伝った。グレイス・インガルスが1877年に生まれた。

8…デ・スメット

　とうさん、かあさんの最後の地。一家はここに1879年に定住した。ローラはこの町を『大草原の小さな町』と呼び、シリーズの後半5冊は、ここを舞台にしている。ローラは、ここに1879～94年まで住んだ。

9…ヴィントン

　盲目のメアリ・インガルスが通った大学のある町。メアリは、1881～89年まで、アイオワ盲人大学に通った。

10…スプリング・ヴァレー

　アルマンゾの両親が住んでいたところ。1890年、ローラとアルマンゾとローズは、ここで1年ほど暮らし、その後フロリダ州に移住した。

11…ウェストヴィル

　ローラとアルマンゾとローズが1891～92年まで住んだ地。ローズ・ワイルダー・レインの書いた物語Innocenceは、フロリダでの生活を描いている。

12…マンスフィールド

　ローラとアルマンゾの最後の地。2人はロッキー・リッジ農場に落ち着き、ここで、その長い幸せな一生を終えた。"小さな家シリーズ"は、1932～43年の間に書かれた。

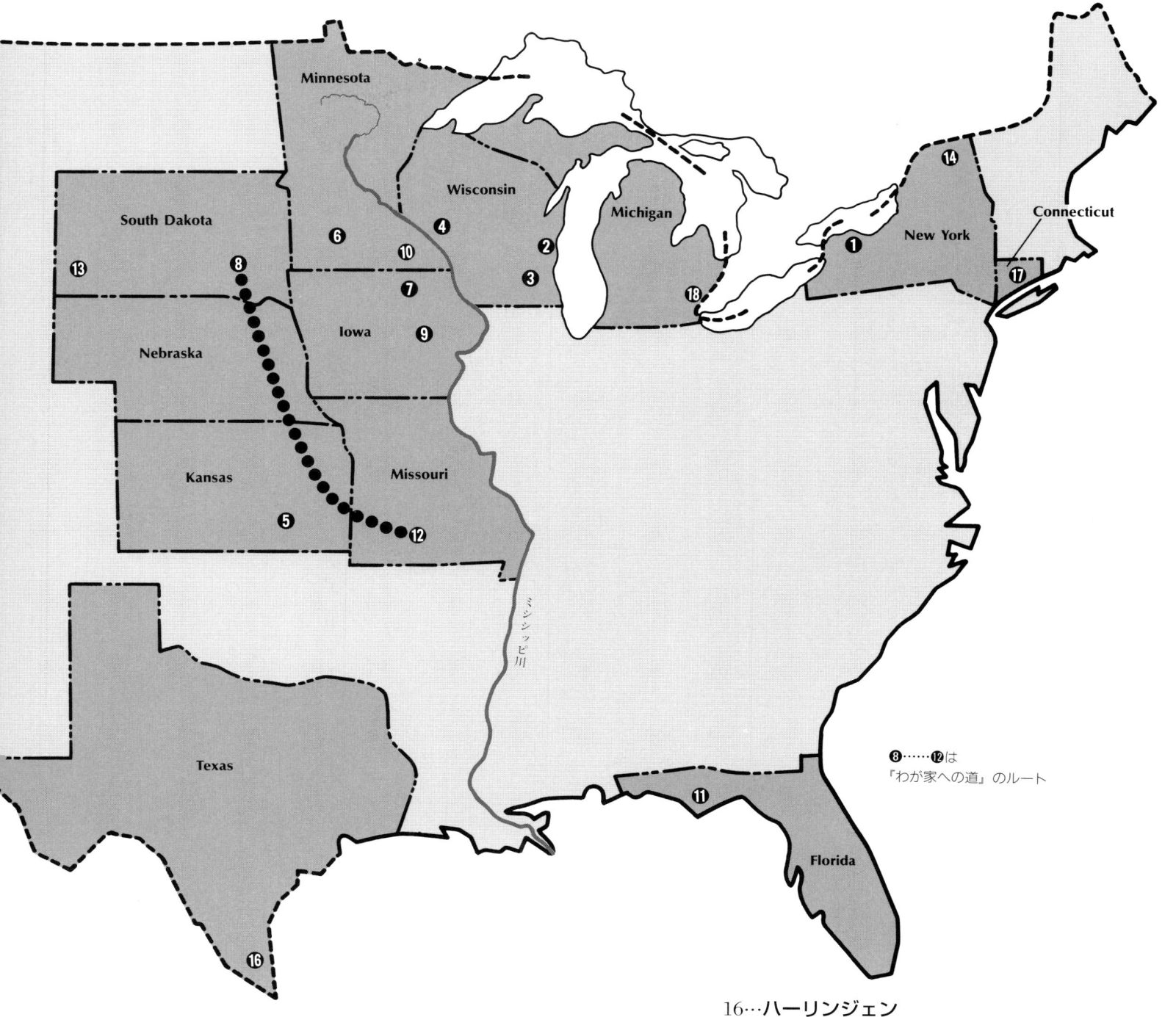

16…ハーリンジェン
　ローズ・ワイルダー・レインが1965〜68年の冬の間住んだ地。

17…ダンベリー
　ローズ・ワイルダー・レインが1938〜68年まで住んだ地。ローラも1度訪れた。

18…デトロイト
　ここに初めて、ローラ・インガルス・ワイルダー図書館ができた(1949年)。ローラの原稿は、デトロイト公共図書館に保存されている。

19…ポモナ
　1950年に、ポモナ公共図書館内に『ローラ・インガルス・ワイルダーの部屋』ができた。ローラの原稿などが展示されている。

13…キーストーン
　ローラの妹、キャリー・インガルス・スウォンジーの住んだ地。キャリーの家は、山肌にリンカーン、ワシントン、ジェファソン、シアドア・ローズヴェルトの顔を彫った有名なラシュモア山の近くである。メアリ・インガルスは、1928年にここで亡くなった。

14…マローン
　『農場の少年』の舞台。アルマンゾ・ワイルダーは、1857年ここの農場で生まれた。

15…サンフランシスコ
　ローズ・ワイルダー・レインが、1908〜18年まで住んだ地。ローラは、1915年にローズの家を訪れた。『遥かなる大草原』は、そのときローラが、夫に書いた手紙集である。

とうさんが、かあさんと4人の娘たちのために植えたポプラの木…デ・スメット

A List of Books Quoted:
Little House in the Big Woods　　©1932 by Laura Ingalls Wilder
Farmer Boy　　©1933 by Laura Ingalls Wilder
Little House on the Prairie　　©1935 by Laura Ingalls Wilder
On the Banks of Plum Creek　　©1937 by Laura Ingalls Wilder
By the Shores of Silver Lake　　©1939 by Laura Ingalls Wilder
The Long Winter　　©1940 by Laura Ingalls Wilder
Little Town on the Prairie　　©1941 by Laura Ingalls Wilder
These Happy Golden Years　　©1943 by Laura Ingalls Wilder
On the Way Home　　©1962 by Roger Lea MacBride
Original English editions published by HarperCollins Publishers, NewYork

●

本書p.1 p.13 p.18 p.21 p.23のさし絵は
『大きな森の小さな家』恩地三保子訳　福音館書店発行より
Illustrations © 1953 by Garth Williams

本書p.8 p.24 p.25 p.28 p.29 p.31のさし絵は
『大草原の小さな家』恩地三保子訳　福音館書店発行より
Illustrations © 1953 by Garth Williams

本書p.34 p.37 p.41 p.42 p.43のさし絵は
『プラム・クリークの土手で』恩地三保子訳　福音館書店発行より
Illustrations © 1953 by Garth Williams

本書p.16 p.50 p.51 p.53 p.54のさし絵は
『シルバー・レイクの岸辺で』恩地三保子訳　福音館書店発行より
Illustrations © 1953 by Garth Williams

本書　裏表紙p.101 p.110 p.111 p.113のさし絵は
『農場の少年』恩地三保子訳　福音館書店発行より
Illustrations © 1953 by Garth Williams

本書 p.58 p.59 p.60 p.63 のさし絵は
『長い冬』谷口由美子訳　岩波書店発行より
Illustrations © 1953 by Garth Williams

本書 p.64 p.67 p.86のさし絵は
『大草原の小さな町』谷口由美子訳　岩波書店発行より
Illustrations © 1953 by Garth Williams

本書 p.72 p.73 p.127 のさし絵は
『この楽しき日々』谷口由美子訳　岩波書店発行より
Illustrations © 1953 by Garth Williams

本書 p.74 p.75 のさし絵は
『はじめの四年間』谷口由美子訳、岩波書店発行より
Illustrations © 1971 by Garth Williams

本書 p.22 p.38 p.128 のさし絵は
Little House in the Big Woods, On the Banks of Plum Creek,
Little House on the Prairie（提供　文化学院）より

●

Text Copyright © 1988, 1995, 2013 by William T. Anderson and Yumiko Taniguchi
Illustrations Copyright © 1953, 1971 by Garth Williams
Photographs Copyright © 1988, 1995 by Leslie A. Kelly
All rights reserved.
Published by Kyuryudo Art-Publishing Company Ltd.
Bungei-Shunju Building, 3-23 Kioi-cho, Chiyoda-ku, Tokyo, Japan
Printed and bound in Japan.

●

Illustration Credits
掲載資料について

　Illustrations by Helen Sewell and Mildred Boyle and illustrations by Garth Williams for the first and second editions of the Little House Books are reproduced courtesy of Harper Collins Publishers.

●

略記号一覧
ローラ・インガルス・ワイルダー・ホーム協会（マンスフィールド）蔵／LIWHA
Laura Ingalls Wilder Home Association, Mansfield, Missouri
ローラ・インガルス・ワイルダー記念協会（デ・スメット）蔵／LIWMS
Laura Ingalls Wilder Memorial Society, De Smet, South Dakota
ハーバート・フーバー大統領図書館（アイオワ州ウェスト・ブランチ）蔵／HHPL
Herbert Hoover Presidential Library, West Branch, Iowa

下記以外の写真はすべて、レスリー・A・ケリーによるものである。
カバーのさし絵（Garth Williams）
p.20　とうさんとかあさん（LIWHA）
　　　インガルス一家（Rex Phillips family）
p.22　ペピン郡の学校（William Anderson）
　　　ヒューレット家の子どもたち（LIWHA）
p.31　オーセージ族のインディアン（Oklahoma Historical Society）
p.35　プラム・クリークの昔の写真（Garth Williams）
　　　つり橋の写真、上（玉田忠規）
p.37　野外劇のために作られた横穴小屋（Shirley Knakmuhs）
p.39　ネルソン一家（Laura Ingalls Wilder Museum, Walnut Grove, Minnesota）
　　　町の地図（LIWHA）
p.41　教会の鐘（Shirley Knakmuhs）
p.42〜43　野外劇の写真（Shirley Knakmuhs）
p.46　マスターズ・ホテル（Laura Ingalls Wilder Park and Museum, Burr Oak, Iowa）
p.47　キッチン（同上）
p.49　学校と教会（同上）
　　　グレイス（LIWHA）
p.53　羊飼いの娘（William Anderson）
p.55　一本ポプラ（LIWMS）
p.56〜57　写真2枚（Garth Williams）
p.59　とうさんの店（Aubrey Sherwood）
p.60　原稿（Rare Book and Gift Room, Detroit Public Library）
　　　青年の友（William Anderson）
　　　汽車（LIWMS）
p.61　インガルス姉妹（LIWHA）
　　　とうさんとかあさん（LIWMS）
p.65　地図と町の写真（Aubrey Sherwood）
p.66　地図（HHPL）
　　　名刺（Rex Phillips family）
　　　歴史の本（Rare Book and Gift Room, Detroit Public Library）
p.67　雑貨店（Aubrey Sherwood）
p.68　ハービー・ダンの絵（South Dakota Art Museum, Brookings, South Dakota）
p.70〜71　Garth Williams
p.73　ローラとアルマンゾ（LIWHA）
p.75　ローラとアルマンゾ、ローズ（LIWHA）
　　　結婚の記事（De Smet News, De Smet, South Dakota）
p.78　左上の写真（Ron Nelson）
p.81　インガルス一家（LIWHA）
　　　3番通り（LIWMS）
p.82　メアリ2枚（LIWMS）
　　　手紙（William Anderson）
p.83　標示板（William Anderson）
　　　その他すべて（LIWMS）
p.84　グレイス（LIWMS）
　　　グレイスとネイサン（HHPL）
　　　農場（William Anderson）
p.85　墓地全景、メアリとダウ夫婦とキャリーの墓（玉田忠規）
p.86　ローラとアルマンゾ（LIWHA）
p.87　ローラとアルマンゾ（HHPL）
p.88　野外劇（LIWMS）
p.92　牛の写真2枚（William Anderson）
p.97　LIWHA
p.98　家（HHPL）
　　　まわりの風景（William Anderson）
p.99　LIWHA
p.100　キャビネット（HHPL）
　　　納屋（LIWHA）
p.101　HHPL
p.102　LIWHA
p.103　LIWHA
p.104　LIWHA
p.105　LIWHA
p.106　LIWHA
p.107　ローラとローズ（LIWHA）
p.108　卒業式のローズ（HHPL）
　　　ローズとロバ（LIWHA）
　　　フランスのローズ（LIWMS）
p.109　ローズと車、ジレットとローラ（LIWHA）
　　　裁縫しているローズ（Russell Ogg）
　　　サンフランシスコの家（William Anderson）
p.111　アルマンゾとアリス（LIWHA）
p.112　ワイルダー一家（LIWHA）
　　　イライザ・ジェイン（Franklin County Historical Society, Malone, New York）
p.113　フランクリン高等学校（同上）
　　　農家（Bettie Thayer Huey）
　　　市（LIWHA）

●目次●

この本を読んでくださるみなさんへ／ウィリアム・T・アンダーソン …………4
ローラの旅の地図 …………8

1. **大きな森の小さな家** …………18
2. **大草原の小さな家** …………24
3. **プラム・クリークの土手で** …………34
4. **バー・オーク** …………46
5. **シルバー・レイクの岸辺で** …………50
6. **長い冬** …………58
7. **大草原の小さな町** …………64
8. **この楽しき日々** …………72
9. **はじめの四年間** …………74
10. **その後のインガルス一家** …………76
11. **わが家への道** …………90
12. **農場の少年** …………110

絆は海を渡る……ローラと日本／谷口由美子 …………114
"小さな家シリーズ"本のリスト …………122
その他の関連書 …………123
ローラ・インガルス・ワイルダー関係年表 …………124
ローラのふるさとへ行きたい人のために …………125
テレビドラマ『大草原の小さな家』 …………126
あとがき(増補改訂版に寄せて)／谷口由美子 …………127

冬は、大草原に厳しい美しさを与える。

デ・スメット近くの大草原にて……。

とうさんのヴァイオリン
とうさんのヴァイオリンは、ローラの最初の記憶の一つだ。現在、マンスフィールドのローラ・インガルス・ワイルダー博物館に展示されている。

1……大きな森の小さな家

✝✝
今から100年以上もまえのこと、ウィスコンシンの大きな森の中にある、小さな灰色の丸太小屋に、小さな女の子が住んでいた。
✝✝

　ローラ・エリザベス・インガルスにとって、ウィスコンシンの大きな森のうっそうたる木々が、生まれて初めての記憶だった。ローラは、ペピンから11キロ離れた森の中の丸太小屋で、1867年2月7日に誕生した。ここで、彼女は見たこと聞いたことを文字にあらわすという、生涯の習慣を身につけはじめたのだった。
　初めて本を書きはじめたとき、ローラが書いたのは、大きな森のことだった。ローラは、ヒョウの鳴き声、クマやシカの姿、とうさんが建てた丸太小屋をとりかこむ太い木々を覚えていた。とうさんとかあさんは、たくましい開拓農民だった。ローラはいう。「わたしの両親は、あふれんばかりの開拓者魂の持ち主でした。」とうさんとかあさんは、娘たちのために居心地のいい家を作った。とうさんは猟をし、わなをかけ、畑を耕した。かあさんは、とうさんがとった食料を保存した。近くには隣人もなく、頼れるのは自分たちだけだった。でも、ローラは、おじさん、おばさん、いとこたちと過ごした楽しいクリスマスや、じいちゃんの家に親戚が集まったカエデ糖（メープル・シュガー）のパーティなどを、ずっと忘れなかった。
　ローラのいちばん楽しい思い出は、丸太小屋で過ごす冬の夜だった。1日の仕事はおわり、暖炉には火が赤々と燃え、とうさんがヴァイオリンを弾いてくれた。
　とうさんが、この開拓時代に、どこでヴァイオリンを手に入れたのかはわからない。だが、とにかく、とうさんはヴァイオリンがうまく、お話もうまかった。このとうさんから、ローラは音楽の才能と物語を紡ぐ才能を受け継いだのだった。

かあさんからローラは、やさしさと善良さと、そして未開地で暮らす生活の知恵を授かった。大きな森で、ローラはグレイの布に赤い毛糸で、初めての刺繍をした。かあさんがバターやチーズを作り、麦わら帽子を編み、肉をさばき、野菜畑で働くのを見た。「かあさんは、古いスコットランド人の血筋だったので、スコットランド人の倹約の精神を受け継いでいました。」とローラはいう。

ローラが幼い日々を過ごした〝小さな家〟は、とっくにこわされて、薪にされてしまった。しかし、当時の記録をたどって、その位置が発見された。チャールズ・インガルスの土地は、ウィスコンシンのペピンから11キロのところ、ハイウェイ183沿いにあった。

ペピンでは、ローラ・インガルス・ワイルダー記念協会がつくられ、インガルスの丸太小屋の位置を示す標示板が建てられた。1976年、丸太小屋が復元された。ここには一年じゅう、ローラの最初の家を見たいというファンが訪れる。

ウィスコンシンの森深く、インガルスの丸太小屋から遠く離れたところに、ローラの親戚が住んでいた。クワイナー家とインガルス家の人々も、ペピンの近くに住みついていたのだった。みんなはときどき、とうさんやかあさんをたずねてやってきた。

◀ とうさんとかあさんが結婚式のすぐあとにとった鉄板写真。1860年。
2人が大切に保存したこの写真は、ローラへと受け継がれた。

インガルス家

ローラは60代になって、『大きな森の小さな家』を書いたとき、子供のころに会った親戚の人々をはっきり覚えていた。とくに、とうさんの両親である、じいちゃんとばあちゃんを、よく覚えていた。ローラは、そのばあちゃんの名前をもらったのだ。

写真は、1870年頃のインガルス家。とうさんは、すでにウィスコンシンを離れ大草原へ移っていたが、両親と5人きょうだいが写っている。座っているのが、左からリディア・ルイザ、ローラ・コルビー・インガルス（ばあちゃん）、ランスフォード・インガルス（じいちゃん）、ルビー。後ろに立っているのが、左から、ジェイムズ、ジョージ、ハイラム。

╋
　その女の子が見えるところには、小さな小屋があるだけだった。そこに、女の子は、とうさんとかあさんと、ねえさんのメアリと、赤ちゃんのキャリーと一緒に暮らしていた。小屋の前を、馬車のわだちが走っていて、野生の動物たちが住む深い森の中へ、くねくね続いていた。でも、女の子は、それがどこへ行くのか、その先に何があるのか、知らなかった。
╋

大きな森は、くらくて深い。
でも美しいものはたくさんある………。

"黒い目のスーザン"と呼ばれる
オオハンゴンソウは、夏の花………。

ブラックベリーは、おいしいし、インクにもなるし、
ローラの人形シャーロットの口紅にもなる………。

メアリとローラは、花をつんで、かあさんに持っていく。
丸太小屋が明るくなる………。

ローラとメアリが通ったバリー・コーナー学校と同じタイプのもの。
ローラのいとこたちが通った学校。

このキルトは、『大きな森の小さな家』にいたころ、メアリが作ったもの。

ヒューレット家の子どもたち。ローラとメアリは、ヒューレット家のクラレンスとエヴァと仲良しで、いっしょに学校へも行っていた。

『大きな森の小さな家』の初版本（1932年）のヘレン・スーウェルによるさし絵。
現在よく知られているガース・ウィリアムズのさし絵は、1953年の新版のもの。

ペピン湖は、アメリカ大陸を縦断して流れる大きなミシシッピ川の一部である。とうさんは、この湖の岸辺に立っては、はるかな西部へ思いをはせていた。向こう岸はミネソタ州で、その先は果てしなく続く大草原だった。

ローラにとって、ペピン湖を初めて見たときの感激は、忘れられないものだった。とうさんとかあさんに連れられて、町に買い物に来たとき、ローラとメアリは、初めて湖の青い水を見た。とうさんは、この湖にまつわるインディアン伝説を話してくれた。ローラは、いつまでも、湖に光る波と砂浜を覚えていた。

ローラが初めて見たペピンの町は、湖の岸辺にあった。
今の町は、湖を見下ろす崖の上にある。

ペピンの鉄道駅は、かつて湖の岸辺にあったが、今では、ローラ・インガルス・ワイルダー公園に移された。

╬

　ローラはうれしくて、浜辺で拾ったきれいな小石をポケットにいっぱい入れて、とうさんの方へかけよった。ところが、とうさんがローラを馬車にだきあげてくれたとき、たいへんなことがおこった。
　小石の重さで、ポケットがやぶけてしまったのだ。ポケットはとれて、小石が、ばらばらと荷台にころがってちらばった。

╬

2……大草原の小さな家

大草原には花が咲きみだれ、さながらお花畑のようになる。とうさんとかあさんが小屋を建てる計画をしているとき、馬車から見える範囲で、ローラとメアリは大草原の花つみをした。ローラはこう書いた。
………メアリとローラは、両手に持ちきれないほど花をつんで、かあさんに持っていった………。

ヴァーディグリス川は、インディペンデンスあたりの大草原を流れている。インガルスの丸太小屋は、町から20キロのところにある。本では、60キロとなっているが、おそらく、とうさんが町まで買い物に行って帰る距離を、ローラが書いたのだろう。

　ローラは、1935年に3冊めの本『大草原の小さな家』を書いた。これは、ローラが、とうさんやかあさんに聞いた、ウィスコンシンからインディアン・テリトリー（キャンザスのインディペンデンス近く）への旅の話をもとにしている。とうさんと、かあさんと、メアリと、ローラは、幌馬車で、まずペピン湖のあるミシシッピ川を渡り、ミネソタへ入り、アイオワ、ミズーリを通って、南キャンザスへやってきた（1869年）。
　ローラはまだ小さかったので、当時のことをあまり覚えていなかった。そこで、本を書くために、その地域に住んでいたオーセージ族インディアンについて調べたり、娘のローズと共に、インガルスの家があったあたりまで行ったこともあった。
　『大草原の小さな家』は、わくわくする物語である。丸太小屋作り、井戸掘り、芝土の開墾のことなどが、くわしく語られている。また、大草原の火事や、身も凍るような北風や、丸太小屋に押し入ったインディアンのことも、ローラは語った。だが、とうさんの作った頑丈な小屋の中は、かあさんのおかげで、いつも気持ちがよかった。夜になると、とうさんが大きな森にいたときと同じように、ヴァイオリンを弾いてくれた。

大草原の暮らしは、ローラとメアリにとって、興奮の連続だった………ヘビ、ゴウファー、ウサギ、小鳥、花、虫、それらが丈高い緑の草の中に住んでいるのだ。『大草原の小さな家』の元原稿に、ローラはこう書いた。
………でも、そのとき、ローラは、黄色と茶色のシマヘビが草の上をはってくるのを見た。つかまえようとしたが、メアリに止められた。かあさんは、小さなシマヘビは毒ヘビではないし、かみついたりしないけれど、ヘビには近寄らないほうがいいといった。

╬
　太陽がのぼったとき、みんなはもう大草原を馬車ですすんでいた。もはや道はなくなっていた。馬のペットとパティは、丈高い草をかきわけながらすすみ、馬車のあとには、わだちが残るだけだった。
　正午まえに、とうさんが叫んだ。「ドウドウ！」馬車は止まった。
　「着いたぞ、キャロライン！　さあ、ここに家を建てよう。」
╬

むかしの『大草原の小さな家』は、とっくになくなってしまった。しかし、ローラの本が有名になったので、キャンザス州では、どこにインガルスの小屋があったのか、調べることにした。インディペンデンスで本屋をしているマーガレット・クレメントは、古い土地台帳などを調べて、ついに1870年のキャンザス人口調査記録を見つけだした。インガルス一家のチャールズ、キャロライン、メアリ、ローラ、そして生まれたばかりのキャリーが、1870年の8月のリストにのっていた。これらの事実をまとめて、クレメントは、一家の住んでいたところをさぐりあてたのである。

その場所が、ウィリアム・カーティス夫妻の農場内だという証拠は、開拓当時の手掘りの井戸が見つかったことだ。のちに、小屋の土台が井戸の近くから発見された。インガルスの小屋は、そこに復元された。

小屋の中。

井戸のあと。

復元された昔の学校と郵便局。

✛

　とうさんはヴァイオリンを弾きつづけた。何もかもが、踊りだした。エドワーズさんは片肘を立て、それから起き上がり、ついに、はねあがって踊りだした。月光をあびて、まるで踊り人形みたいに踊った。とうさんは体をゆすって、足でテンポをとりながら、楽しげに弾き、ローラとメアリは手をたたき、同じように足でテンポをとっていた。

✛

ある日、猟から帰ってきたとうさんは、かあさんにいった。
「ここらには、思ったよりも人がたくさん住んでいるようだ。小さな谷に住みついている者もいる。今日は、スコットの家へ行ってきた。いい人たちだ。何か困ったことがあれば、助けてくれるだろう。」
スコット夫妻は、インガルス家の人々をよく助けてくれた。スコットのおくさんは、キャリーが生まれたときに手伝いに来てくれたし、スコットさんととうさんは、畑の仕事を手伝いあった。
もう1人のおとなりさんは、テネシーから来た、陽気な独り者のエドワーズさんだった。エドワーズさんは、小屋と納屋を建てるときに、とうさんの手伝いをしてくれた。かあさんは、よくエドワーズさんを夕食にさそった。エドワーズさんは、とうさんのようにお話がうまく、とうさんのヴァイオリンにあわせて、なんと楽しそうに踊ったことだろう！

クリーク
キャンザスではローラたちが住んでいたころ、草原ライチョウやインディアンの数は、開拓者たちよりも多かった。そこで、とうさんは新しいおとなりさんたちと仕事を手伝いあい、かあさんもできるかぎり親切にした。
クリスマスの日、エドワーズさんは、ローラとメアリにサンタクロースのプレゼントを持ってきてくれた。そのために、インディペンデンスまで歩いていって、冷たい水のあふれるクリークを泳いで渡ってきたのだった。ローラは、そのときのクリスマスがどれほどすばらしかったか、いつまでも覚えていた。真新しいブリキのカップ、ぴかぴかのコイン、砂糖をまぶしたケーキ、そして、べとべとした棒キャンディ。

エドワーズさんの小屋の土台とされている石。

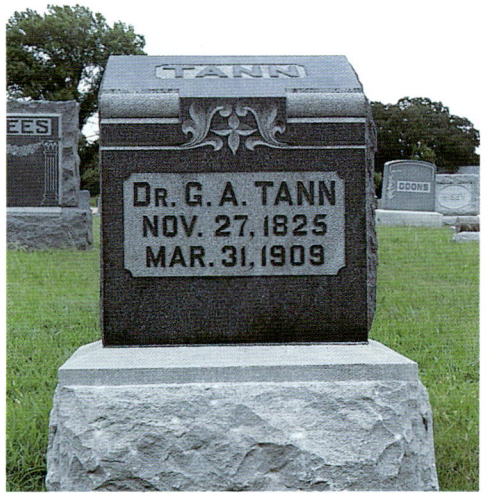

タン先生の墓
黒人のジョージ・タン先生は、もう1人のすばらしいおとなりさんだった。病人ならば、インディアンでも白人でもわけへだてなくみてやった。インガルス一家が全員マラリヤ（ローラはおこり熱といった）にかかったとき、タン先生のおかげで助かったのだ。その墓はインディペンデンスにある。

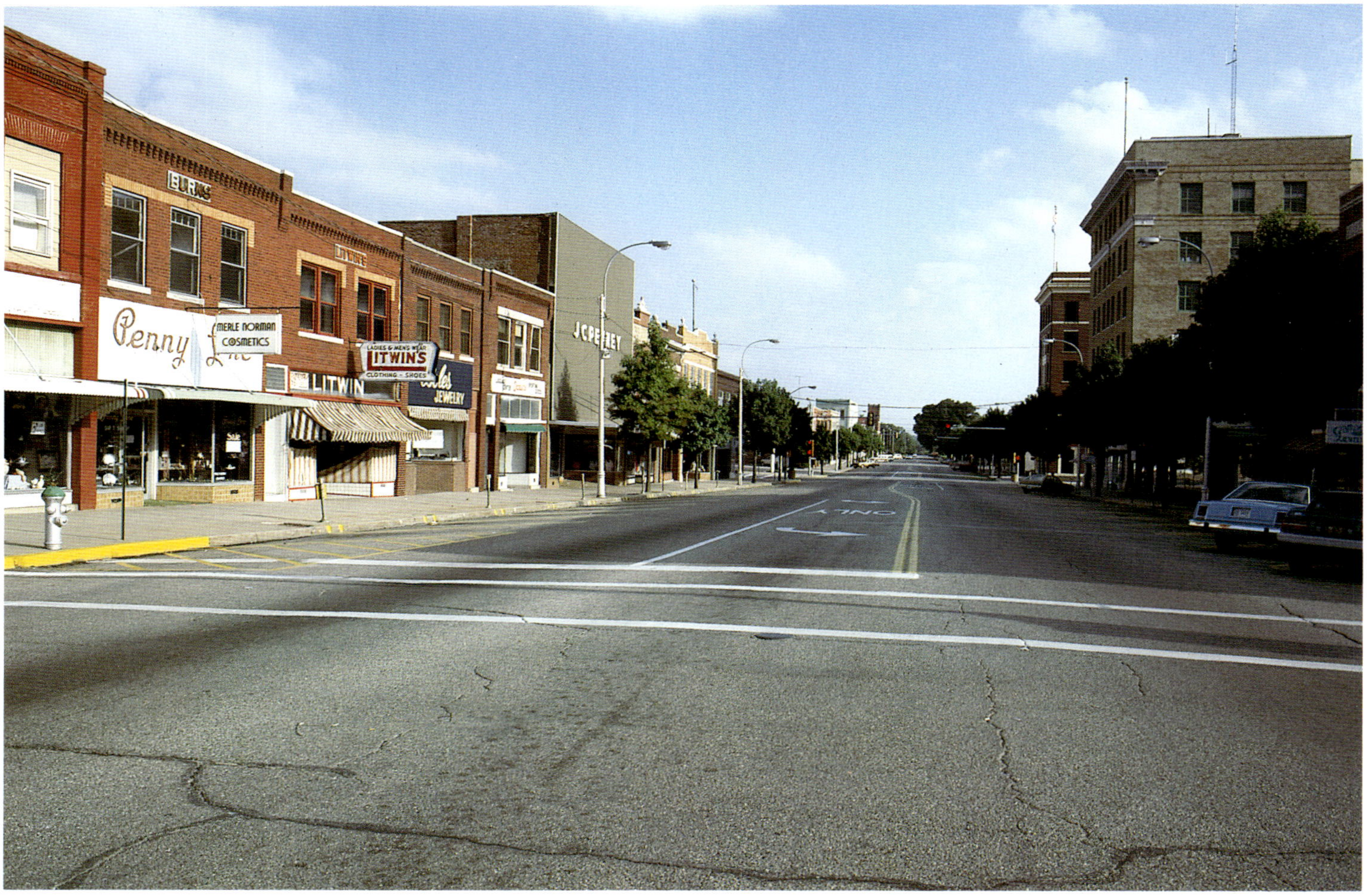

現在のキャンザス州インディペンデンス。とうさんは、どうしても必要な用があるときだけ、遠いこの町までやってきた。

FAMILY RECORD.

MARRIAGES

Married in Concord Jefferson Co. Wisconsin, by Rev. J. W. Lyman, Charles P. Ingalls to Caroline L. Quiner, Feb 1st 1860.

FAMILY RECORD.

BIRTHS.

Mary Amelia Ingalls born Tuesday Jan. 10th 1865, Town, Pepin Pepin Co. Wisconsin.
Laura Elizabeth Ingalls born Thursday Feb. 7th 1867 Town of Pepin Pepin Co Wisconsin
Caroline Celestia Ingalls born Wednesday Aug 3, 1870. Montgomery Co Kansas.
Charles Frederic Ingalls Born monday Nov. 1st 1875 Town North Hero Redwood Co Minnesota.
Grace Pearl Ingalls born Tuesday May 23rd 1877 in the town of Burr Oak [illegible] Co. Iowa

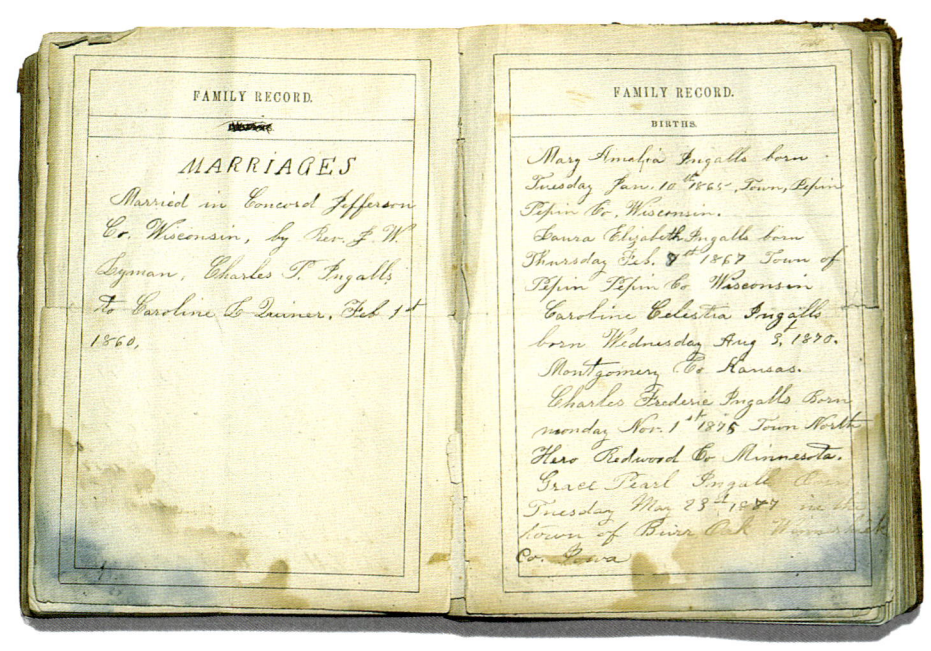

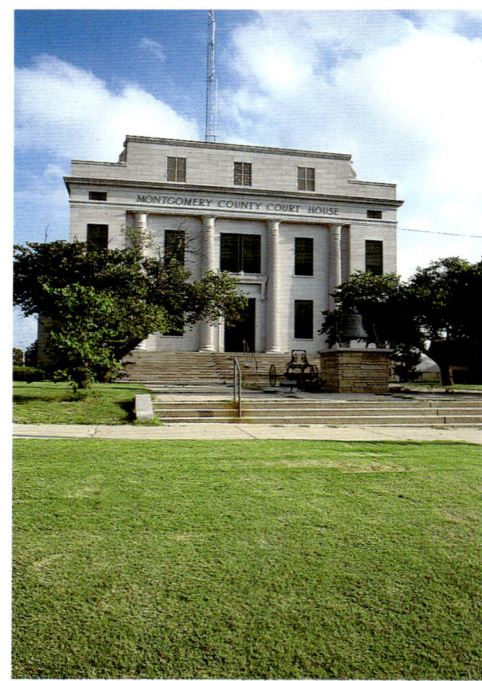

モントゴメリ郡庁舎

インディペンデンスは、モントゴメリ郡の郡都になった。インガルス家の家族聖書には、3人めの娘キャリーの誕生が次のように記されている………キャロライン・セレスティア・インガルス、キャンザス州、モントゴメリ郡にて、1870年8月3日（水）誕生。この家族聖書は、現在、ミズーリ州のマンスフィールドにあるローラ・インガルス・ワイルダー博物館に展示されている。

インディアン・キャンプのあと。

大草原は、いかにも平和に見えた。しかし、そこはインディアンの土地だった。オーセージ族は、白人の移住者たちが、自分たちを追い出して、自分たちの猟場を農場にしてしまうのではないかと恐れた。ローラは、インディアンのときの声や、オーセージ族のお祭り騒ぎが続く夜などを覚えていた。土地は、確かにインディアンのものだったのだ。とうさんは、軍隊がやってきて、居住者をこの地から追い出そうとしていると聞いて、ここを去ろうと決心した。その上、実はとうさんのもとに、ウィスコンシンから手紙が届いていたのだ。大きな森で、ペピンの土地を買った人が、代金を払えなくなったという知らせだった。とうさんとかあさんは、再びもとの土地に戻ることにした。こうして、一家はキャンザスを離れたのだった。とうさんはいった。「とうぶんの間、ここはオオカミとインディアンの土地だろう。」

オーセージ族のインディアン。1870年頃。

しずかな　たそがれ
とびさった白いつばさ
マキバドリのきれいな声
目と耳に残っている
ローラ・インガルス・ワイルダー

3……プラム・クリークの土手で

✚✚
　あたりは、みずみずしく、ひんやりとしていて、ゆらゆらゆれていた。ローラは、体が軽くなった気がした。足に重さがなくなって、クリークの底からもちあがってしまいそう。ローラはとびはねながら、腕で水をバチャバチャはねかえした。
✚✚

　インガルス一家は、再び幌馬車で長い旅をつづけ、大草原に新しいすみかを見つけた。ミネソタ州の西にある、ウォルナット・グローブ近くを流れるプラム・クリークのほとりである。大草原は平らで、とうさんは、ここなら小麦を育てるのに最適だと思った。ローラは『プラム・クリークの土手で』に、1874—75年のことを思い出して書いた。最初の記憶は、クリークの高い土手を掘ってつくられた横穴小屋だった。一家は、そこに1年住んだ。その後とうさんは、ほんの2キロばかりのところにあるウォルナット・グローブから材木を買ってきて、りっぱな小屋を建てた。

　プラム・クリークでの暮らしは幸せだったが、つらいこともたくさんあった。新しい土地での新しい生活、新しい友だちと隣人、教会、学校。しかし、自然の脅威を免れることはできなかった。ローラは、大草原の火事や、激しい吹雪、春の洪水などを覚えていた。中でも最もおそろしい記憶は、1874年のバッタの大襲来だった。（訳者注：grasshopperは、一般にはイナゴと訳されているが、大発生して作物に被害を与えるのは、イナゴではなく、トビバッタと呼ばれるものである。中国ではこれを、飛蝗（ひこう）といい、その蝗がイナゴの意味なので、誤解された。）　その夏、バッタの大群がミネソタの大草原を襲い、とうさんが丹精こめて育てた小麦をすべて食いつくしてしまったのだ。ローラは思い出す。「大草原は、ますます暑くなり、あたりはバッタの音でいっぱいで、頭がおかしくなりそうでした。」

ローラが『プラム・クリークの土手で』を書いたのは、1937年のことだが、ウォルナット・グローブの人々が、物語のクリークが実は自分たちの身近なクリークだと知ったのは、それから10年もあとだった。1947年、この本の新しいさし絵を依頼されたガース・ウィリアムズが、インガルス一家について調べるために、ウォルナット・グローブを訪れたからだ。彼はローラから直接、プラム・クリークや横穴小屋の位置を聞いてきたのだ。これは、彼がそのときとった写真である。

野生のプラムが、今もクリークの土手に生えている。

プラム・クリークは、今も変わらず流れている。かつてのインガルスの農地は、現在ではゴードン家の土地にある。
ゴードン夫人が1953年に農地についてローラに手紙を書いたところ、ローラから、こういう返事が届いた。「あそこは、ほんとうにきれいなところでした。わたしは、今でもよく思い出します。クリークのほとりや、クリークの中で遊んだあの楽しい日々を。」

ゴードン氏がかけたつり橋のそばには、ローラが見たのと同じように、ときどき動物の足跡が見られる。これはアライグマの足跡。

横穴小屋は、いわば地中の家だったから、冬は暖かく、夏は涼しかった。土手の上に生える草からにょきっと突き出しているストーブの煙突がなかったら、その下に一家5人が住んでいるとはわからなかっただろう。一家がこの地を去ったあとも、横穴小屋は残っていて、子供たちの遊び場になっていた。ところが、クリークの氾濫などで、芝土の壁はくずれてしまった。ついに、1920年代に、小屋は土に埋もれてしまった。現在では、大きなくぼみが、かすかに小屋の位置を示しているだけなので、立て看板がある。

横穴小屋から、野生のプラムの茂みをぬけて大草原へ出ると、広い平らな土地が目の前に広がる。そこだけ、まわりよりもりあがっているので、とうさんは台地（テーブル・ランド）と呼んだ。とうさんが、メアリとローラを水あび場に連れていってくれるときは、いつもそこを通った。

ローラの住んだ横穴小屋を模して作ったもの。ウォルナット・グローブで毎
夏催される野外劇のために作られた。それはもうないが、ローラ・インガルス・
ワイルダー記念館の敷地内に、同じような横穴の小屋が建っている。

✣

ローラは、口をあけて歌っているような、色とりどりの朝顔に縁どられ
たとびらをあけて、小屋の中へ入った。部屋は一つで、まわりは白かった。
土の壁は、なめらかで、白く塗られていた。土の床も、なめらかで堅かっ
た。

✣

プラム・クリーク。節くれだった老木や、咲きみだれる花、草などは、ローラのいたころとちっとも変わっていない。

小麦の豊作を見越して、とうさんは新しい材木で、プラム・クリークのほとりに、すばらしい家を建てた。引っ越しの日、とうさんはかあさんに新品のストーブをプレゼントしたのだ。これは、『プラム・クリークの土手で』の初版本（1937年）のさし絵で、ヘレン・スーウェルとミルドレッド・ボイルによるもの。

ネルソン一家
ローラがウォルナット・グローブにいたころ、近くには、たくさんのノルウェー人が住んでいた。ネルソン一家は、最も近いおとなりさんだった。とうさんとエレック・ネルソンは、仕事を手伝いあい、おくさんのオリーナ・ネルソンは、かあさんといい友だちになった。ネルソンのおくさんは、娘のアンナを連れて遊びにきた。ローラは『プラム・クリークの土手で』の中で、アンナに大切な人形のシャーロットをあげた場面を書いている。この写真は、それから大分あとにとったもの。

ウォルナット・グローブの町には、店や学校や、教会があり、文化的だったので、かあさんは喜んだ。とうさんは、しばしば馬車で町へ買い物に行き、手紙を受けとったり、知人に会ったりした。これは、現在のメイン・ストリート。

ローラが書いた町の地図。

1950年代になると、ローラのファンがどっとウォルナット・グローブへやってきて、プラム・クリークの土手を見にいった。古い鉄道の駅に、ローラ・インガルス・ワイルダー記念館ができたのは、1981年のことである。そこには、開拓時代に使われた道具や、インガルス一家ゆかりの品などが展示されている。また、小さな教会や昔の学校、昔なつかしい幌馬車なども見ることができる。

この赤白のキルトは、ローラが実際に使っていたものである。

ウォルナット・グローブの開拓者たちが、最初にとりかかった事業は、教会の建設だった。とうさんとかあさんは、合同組合教会の最初の会員で、ローラは、その新しくできた教会でのクリスマス・パーティのことを本に書いている。とうさんは、前から必要だったブーツを買うための3ドルを、教会の鐘のために寄付してしまった。その鐘の音は、今でも大草原に響いている。この写真は、その鐘のあるルーテル教会。

1874年のバッタの大襲来は、ウォルナット・グローブ地域に大きな被害を与えた。とうさんには、作物を救うすべはなかった。ローラはいった。「バッタの襲来は、あのエジプトのバッタの被害以来、最悪の出来事でした。わたしは、何千何万というバッタに囲まれたのです。昼間でも、あたりを暗くする雲を見ました。それから、プラム・クリークをまさに埋めつくすほどのバッタの群れも見ました。わたしは、その忘れられない出来事を、『プラム・クリークの土手で』に書きたかったのです。」

☩
とうさんは、小麦畑のまわりを馬車でまわりながら、堆肥を上から落とした。かあさんが、それに火をつけてまわった。煙がたちのぼり、あたりにひろがっていった。かあさんが、堆肥に一つずつ火をつけていく。ローラは、いぶった煙が畑をおおって、かあさんととうさんと馬車が見えなくなるまで、じっと目をこらしていた。
☩

Fragments of a Dream

毎夏、ウォルナット・グローブの人々は、昔の衣装を身にまとう。男はあご髭をはやし、女は日よけ帽をかぶる。人々は、インガルス一家や、その友だちのネルソンさん、ピーダルさん、ケネディさん、オルソンさんに扮して、野外劇を行うのだ。
Fragments of a Dreamと題したこの劇は、プラム・クリークのそばで、日が落ちてから上演される。ローラの一家が、この土地で経験した厳しく、つらく、そして楽しかった日々を再現するのだ。この劇を見るために、世界じゅうからローラのファンがやってくる。

とうさんの歌った歌
旅はたくさんしたけれど
苦労は山ほどあったけど
どこへ行っても
じぶんの力で生きていくのが
いちばんさ

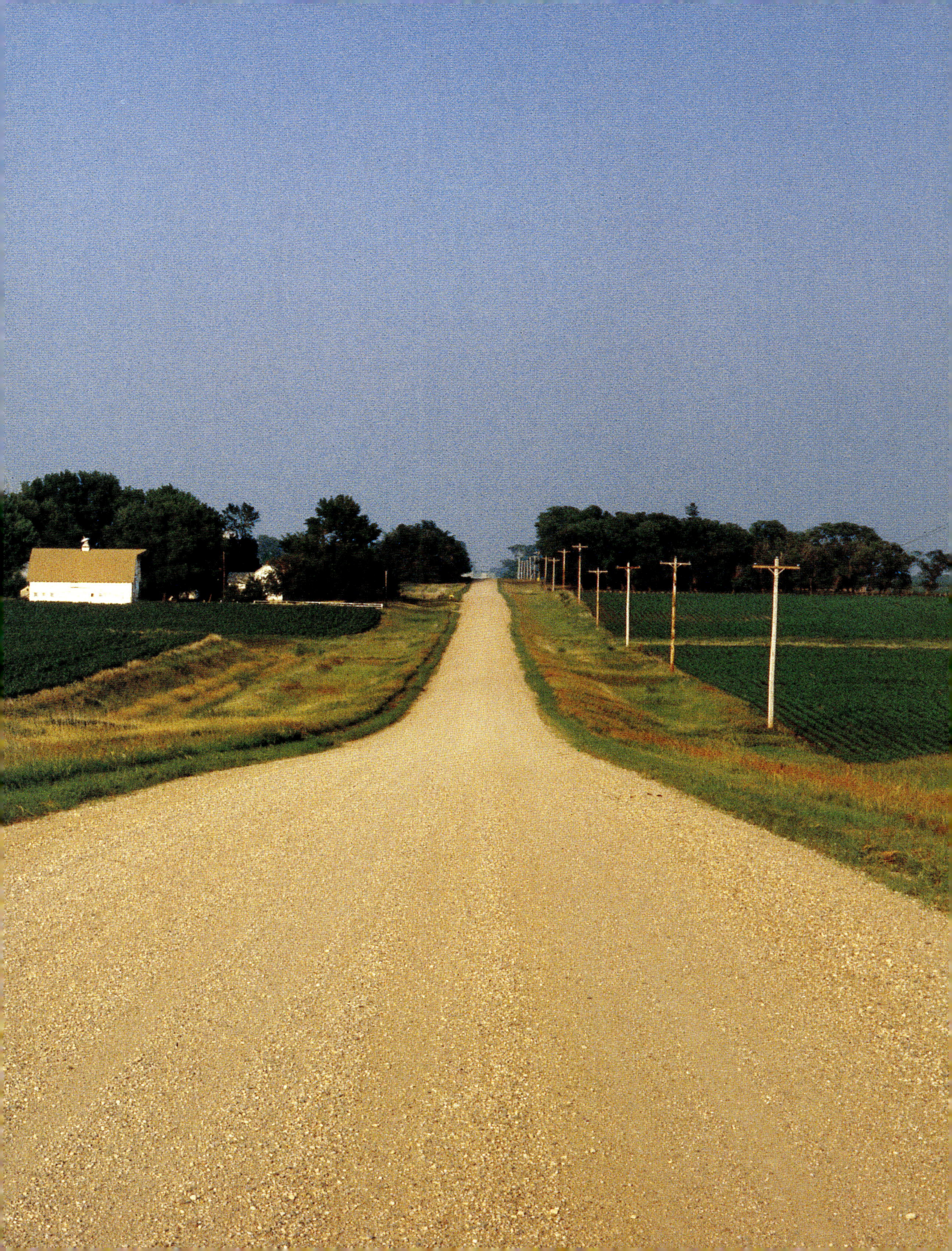

4……バー・オーク

　バッタと日照りの被害が2年つづいたので、とうさんはついに、東ミネソタへ出稼ぎに行くことにした。バッタの被害を受けなかった小麦畑で、雇われ労働者として働くのだ。かあさんと娘たちをプラム・クリークに残して、とうさんは、他人の畑でせっせと働いた。しかし、それは西部の独立した農夫の生活とはちがう。さて、とうさんが1875年の秋、ウォルナット・グローブへ戻ってきたとき、赤ん坊が生まれていた。インガルス家の最初の息子、チャールズ・フレデリックが、1875年11月1日に生まれたのだ。

　ウォルナット・グローブの友人であるウィリアム・ステッドマン夫妻が、アイオワ州のバー・オークにホテルを買った。それはマスターズ・ホテルとよばれ、毎晩200台もの幌馬車が、西部に向かう途中で、この町に止まるのだった。ホテルは非常に忙しく、ステッドマンさんは、とうさんとかあさんに手伝ってほしいと頼んだ。1876年も、ウォルナット・グローブでは収穫が望めないと思ったとうさんは、バー・オークへ行って、ホテルを手伝うことにした。

　再び、とうさんは幌馬車に荷物を積みこんだ。かあさんは着るものや、ふとんなどをまとめ、メアリとローラとキャリーと赤ん坊のフレディは、長旅にそなえて荷台におさまった。今度の旅は、西向きでなく、東向きだったので、ローラととうさんには、それがつらく思われた。一家はまず、親戚のところにしばらく滞在することになった。

　とうさんの兄であるピーターおじさんと、イライザおばさんと、子供たちは、東ミネソタのサウス・トロイ近くを流れるザンブロ川のほとりに住んでいた。ローラたちが、バー・オークへ行く途中、そこに滞在していた間に、悲劇が起こった。1876年8月27日、小さなチャールズ・フレデリックが死んだのだ。かあさんは悲しい思いで、家族聖書のぼうやの名前の横に、その日付をいれた。たった9か月しか生きなかったぼうやは、ミネソタの土に埋められた。インガルス一家は悲しみをこらえ、フレディの墓をあとにして、アイオワへの旅をつづけた。

　バー・オークの村は、アイオワの緑の丘に囲まれていた。ステッドマンさんがいった通り、マスターズ・ホテルでの仕事は非常に忙しかった。そこでの生活は、今までローラの知っていた生活と全くちがっていた。ローラは、そのときの思い出をこう語った。「とうさんは、ホテルのオフィスで、よくヴァイオリンを弾きました。泊まり客のビズビーさんが、わたしに音階の歌い方を教えてくれました。」

　ローラとメアリは、バー・オークの学校に入ると、新しい友だちができた。ローラは思い出す。「日曜日の午後はよく、友だちのアリス・ウォードと2人で、町の向こう側へ歩いていって、シムズさんのバラいっぱいの家を通りすぎ、墓地へ行きました。大きな木の陰を歩きながら、墓碑銘を読んだりしました。短い緑の草が生え、そこらじゅう花でいっぱいでした。とても静かな美しいところでした。」

　ローラは〝小さな家シリーズ〟に、このバー・オークのことを書かなかったが、町の人々はローラをたたえるために、古いマスターズ・ホテルを買い、修復した。それは、1976年に公開された。

マスターズ・ホテル
この写真は、1870年代後半にとられたもの。
ポーチにぼんやり写っているのが、インガルス一家と思われる。

マスターズ・ホテルは、1975年に、バー・オークの人々によって修復された。それ以後、ローラのファンが大勢訪れている。

ホテルのキッチンは、1870年代の様子を伝えるように修復された。

昔の衣装を着たガイドが、ホテルの中を案内する。写真に写っているのは、大食堂のテーブルについた娘たち。きっと、かあさんやメアリやローラも、ホテルが忙しかったときは、料理を運んだりしたのだろう。

ローラは、バー・オークの緑濃い丘と谷間で、10歳の年を過ごした。
メアリやキャリーや、学校の友だちと野原を歩いた。
のちに、ローラはこういったものだ。
「バー・オークの思い出は、その美しい景色です。」

とうさんとかあさんは、娘たちが、騒々しいホテルで暮らすのをこのまなかった。人々は、ひっきりなしに出入りするし、うるさいバーもあった。ちょうど貸家があったので、とうさんは借りることにした。ローラは、こう書いている。「1877年の春、わたしたちは、町はずれの小さなれんがの家に引っ越しました。」

その家で、1877年5月23日、インガルス家の最後の子、グレイスが生まれた。グレイスは、フレディが死んだあとの、神さまからの贈り物のように思われた。ローラは思い出す。「その夏わたしは、青い目で、やわらかい金髪の小さな妹の世話にかかりっきりでした。」

毎朝牛を牧場へ連れていき、夕方連れてかえるのは、ローラの日課だった。ローラは、それを楽しく思い出す。「楽しい夏でした。わたしは、牛を追って牧場へ行くのが好きでした。クリークのほとりには、ラッシュや青いアヤメが咲いていました。草は、みずみずしく甘い香りがしていました。古い石切り場があったのを覚えています。でも、そこは水がたくさん流れていたので、行かせてもらえませんでした。」

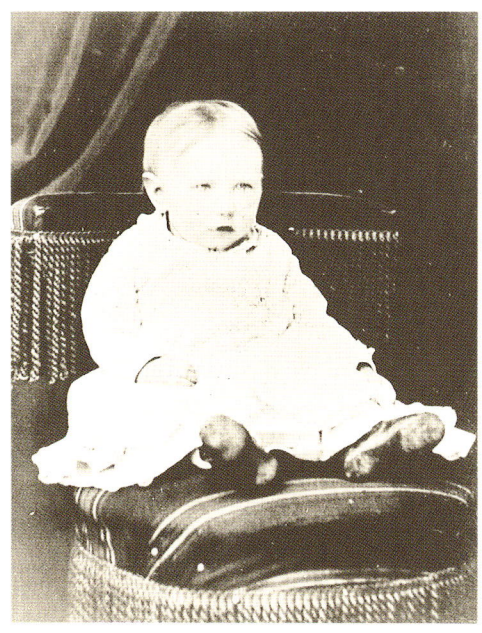

赤ちゃんのころのグレイス。

「メアリとわたしは、学校へ行っていました。とても大きな学校のように思えましたが、教室はたった二つだけでした。校長はリードという人で、朗読や演説の専門家でした。わたしは、この人に朗読の仕方を教わったことを、とても感謝しています。」

インガルス一家にとって、教会は、いつも大切なところだった。バー・オークにいたとき、一家は組合教会に行っていた。この教会も学校も、とっくにこわされてしまった。

5……シルバー・レイクの岸辺で

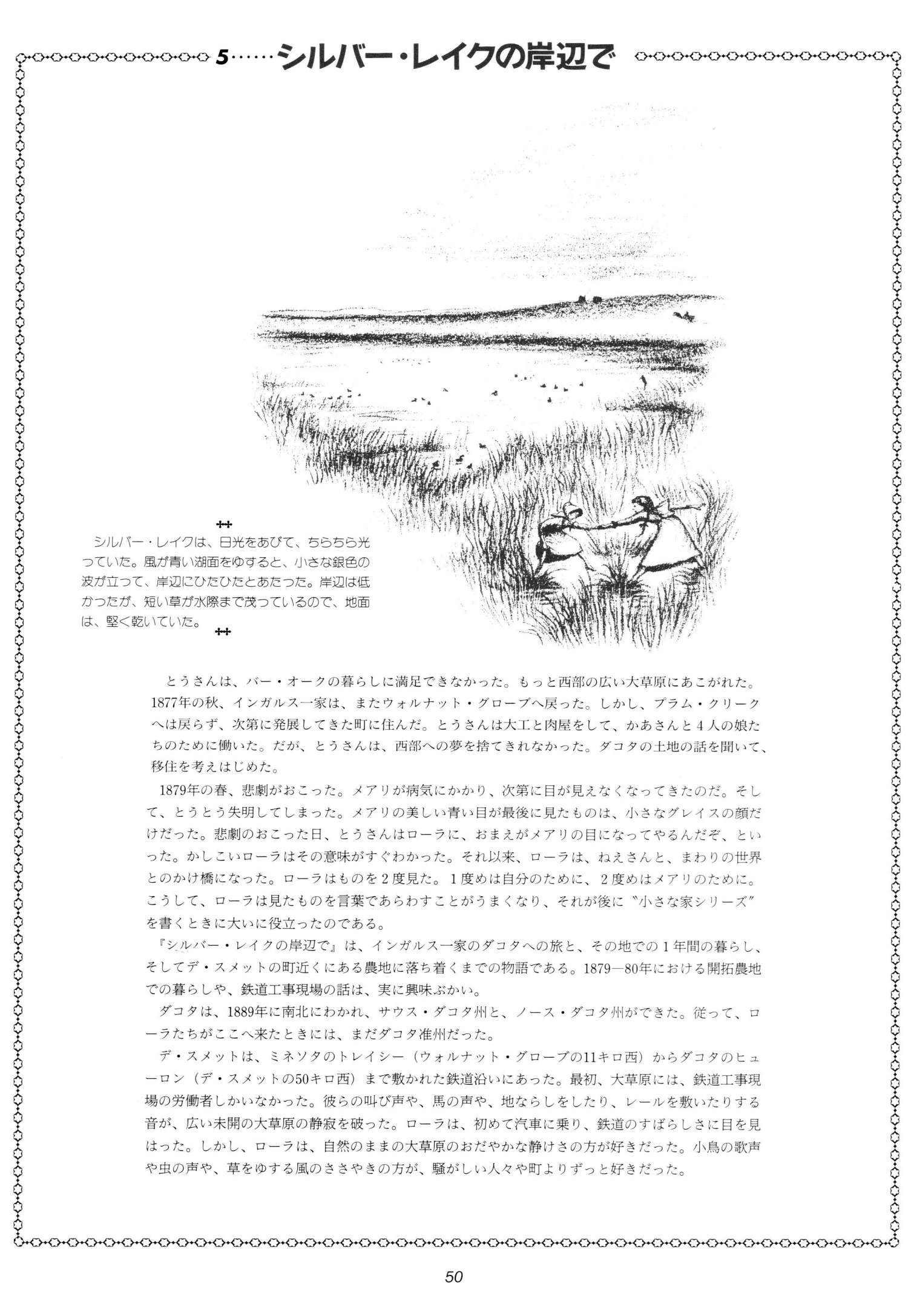

> ✝✝ シルバー・レイクは、日光をあびて、ちらちら光っていた。風が青い湖面をゆすると、小さな銀色の波が立って、岸辺にひたひたとあたった。岸辺は低かったが、短い草が水際まで茂っているので、地面は、堅く乾いていた。 ✝✝

　とうさんは、バー・オークの暮らしに満足できなかった。もっと西部の広い大草原にあこがれた。1877年の秋、インガルス一家は、またウォルナット・グローブへ戻った。しかし、プラム・クリークへは戻らず、次第に発展してきた町に住んだ。とうさんは大工と肉屋をして、かあさんと4人の娘たちのために働いた。だが、とうさんは、西部への夢を捨てきれなかった。ダコタの土地の話を聞いて、移住を考えはじめた。

　1879年の春、悲劇がおこった。メアリが病気にかかり、次第に目が見えなくなってきたのだ。そして、とうとう失明してしまった。メアリの美しい青い目が最後に見たものは、小さなグレイスの顔だけだった。悲劇のおこった日、とうさんはローラに、おまえがメアリの目になってやるんだぞ、といった。かしこいローラはその意味がすぐわかった。それ以来、ローラは、ねえさんと、まわりの世界とのかけ橋になった。ローラはものを2度見た。1度めは自分のために、2度めはメアリのために。こうして、ローラは見たものを言葉であらわすことがうまくなり、それが後に"小さな家シリーズ"を書くときに大いに役立ったのである。

　『シルバー・レイクの岸辺で』は、インガルス一家のダコタへの旅と、その地での1年間の暮らし、そしてデ・スメットの町近くにある農地に落ち着くまでの物語である。1879—80年における開拓農地での暮らしや、鉄道工事現場の話は、実に興味ぶかい。

　ダコタは、1889年に南北にわかれ、サウス・ダコタ州と、ノース・ダコタ州ができた。従って、ローラたちがここへ来たときには、まだダコタ准州だった。

　デ・スメットは、ミネソタのトレイシー（ウォルナット・グローブの11キロ西）からダコタのヒューロン（デ・スメットの50キロ西）まで敷かれた鉄道沿いにあった。最初、大草原には、鉄道工事現場の労働者しかいなかった。彼らの叫び声や、馬の声や、地ならしをしたり、レールを敷いたりする音が、広い未開の大草原の静寂を破った。ローラは、初めて汽車に乗り、鉄道のすばらしさに目を見はった。しかし、ローラは、自然のままの大草原のおだやかな静けさの方が好きだった。小鳥の歌声や虫の声や、草をゆする風のささやきの方が、騒がしい人々や町よりずっと好きだった。

夏の間ずっと、ローラは、湖の岸辺に建つ、大きな背の高い家を見ていた。それは、測量技師の家だった。鉄道敷設に関する測量をする人の家だ。

秋が来て、労働者がみんないなくなったとき、測量技師がとうさんに、冬の間その家に住んで、測量器具などを管理してもらいたいと頼んだ。住んでくれるなら、食料や燃料は置いていくといった。とうさんとかあさんは、喜んでその申し出を受けることにした。大草原で冬を過ごすのは、自分たちだけだと知っていたので、測量技師の家に住めるなら、きっと快適に暮らせるだろうと思ったのだ。

12月、インガルス一家は、この家に引っ越した。ローラには、とても大きい家に思えた。食料部屋に食料がぎっしり詰まっているのを発見して、わくわくした。外は雪が降って寒くても、家の中では家族6人、ぬくぬくと幸せだった。とうさんは、旅人が通るかもしれないので、毎晩、窓辺にランプを置いておいた。

クリスマスには、アイオワからボースト夫妻がやってきた。クリスマスは、とたんににぎやかになった。ボースト夫妻は、インガルス一家の生涯の友だちになった。

1880年の春、デ・スメットの町の近くに、開拓農地を得ようとする人々が、ぞくぞくとやって来た。測量技師の家以外に、泊まるところがなかったので、かあさんと娘たちは、ふたたびホテルをやることになってしまった！　かあさんは、食事代に25セント、宿代に25セント払ってもらうことにした。

1967年、デ・スメットのローラ・インガルス・ワイルダー記念協会は、ローラのダコタでの最初の家である、この測量技師の家の修復を始めた。現在、これはデ・スメットで最も古い家である。毎夏、世界じゅうからファンが訪れる。

差しかけ小屋には、とうさんが使った道具や測量器具などが置いてある。

52

シルバー・レイクは、大草原の中にある美しい湖だ。この名前をつけたのは、かあさんだという人もいる。湖面に映る月光が、銀色に光るところを見て、つけたのだろうか。鉄道工事現場が湖のほとりにつくられ、測量技師の家が北岸にあった。湖は1920年代に干あがってしまったが、まれに水がたまることがある。

この写真は、冬のシルバー・レイク。今は水がない。

バッファローの泥あび場のあとに、草が茂り、スミレがびっしり咲いているのを見つけたローラは、それを妖精の輪と呼んだ。

シカゴ・ノースウェスタン鉄道は、とうさんをシルバー・レイクの鉄道工事現場での店の管理人、計時係、会計係として雇った。とうさんは、労働者の仕事をチェックし、会社の店で何を買ったか記録し、給料を計算して払った。とうさんは、きちんと記録し、計算も正確だった。かあさんは、娘たちが、荒っぽい労働者に近づくのをあまりこのまなかった。この飯場に家族で住んでいたのは、インガルス一家だけだったからだ。1879年の秋、仕事が終わって、労働者たちが東部へ行ってしまったとき、かあさんはほっとした。ふたたび、大草原とシルバー・レイクは、動物たちの楽園になった。

✣
　ボーストのおくさんは、厚紙を切って、棚の縁からたらすかざりを作った。下をひらひらにして、真ん中は大きいひらひら、端へいくにつれて、小さいひらひらに切った。厚紙の大きさも、ひらひらも、棚の大きさに合わせて、上から下へ順々に大きくした。
✣

部屋の隅の三角棚は、ボーストのおくさんが作るのを手伝ってくれた棚に似せて作ったもの。

食料部屋は、たるやら箱やら、皿やらでいっぱい。ローラが見たときと同じだ。

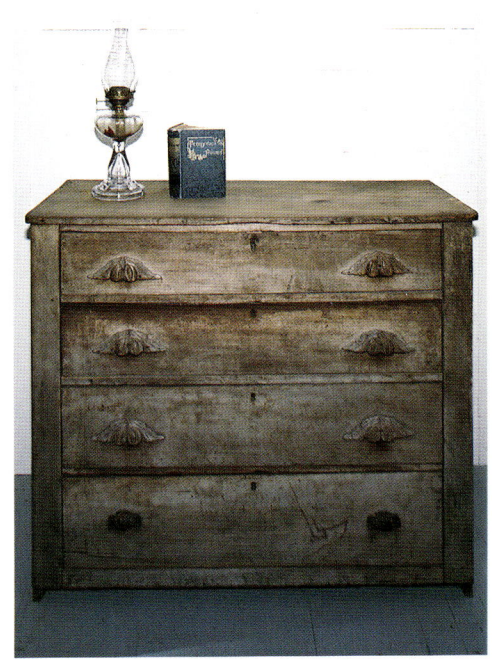

とうさんの作ったたんすが、今も残っている。『大草原の小さな町』で、ローラは、このたんすのいちばん下の引き出しに、かあさんが隠しておいた、ローラへのクリスマスプレゼントを見つけてしまった。それは、美しい緑の布表紙に金の飾りのあるテニソン詩集だった。

この棚に、『大きな森の小さな家』からずっと大切にしてきた、陶器でできた羊飼いの娘をのせた。この写真は、最近キャリーの遺品から見つかったその人形である。

冬のあと、とうさんはデ・スメットの町からほんの2キロたらずのところに、160エイカーの開拓農地を申請した。ここに5年間定住すれば、農地が自分たちのものになるのだ。とうさんは小さな小屋を建て、一家は引っ越した。かあさんが、樹木がほしいといったので、とうさんはヘンリー湖のほとりから、ポプラの若木をとってきて、かあさんと4人の娘たちのために植えた。それは大木になって、今も残っている。

✛

とうさんがいった。「これは、ポプラだ。ブルッキングズからこちらへやってきたときに見た一本ポプラの種から生えたものだよ。そばへ行ったらわかるが、おどろくほどでっかい木だ。その若木が、ヘンリー湖のほとりで育っていたんだよ。小屋のまわりに植えて、風よけにしようと思うんだ。」

✛

大草原には、大小たくさんの湖が点々とある。それらは浅く、草におおわれ、鳥たちの楽園だ。湿地もたくさんあり、それは沢（スルー）と呼ばれている。ヘンリー湖とトンプソン湖は、ふ・た・ご・の湖と呼ばれ、インガルス一家の農地のすぐ近くにある。湖のほとりには、ポプラがたくさん生えていたが、それはみな、一・本・ポ・プ・ラ・の種から育ったものだ。こんな大木が、どうして大草原にあったのかは、不思議だが、旅人にとって最高の目印だった。

ローラ・インガルス・ワイルダー記念協会は、1958年、この地に石碑を建てた。デ・スメット・ニュース社のオーブリー・シャーウッドが、銘文を書いた。この石は、近くのスピリット湖からとってきたものである。

一本ポプラ

ヘンリー湖

1947年、"小さな家シリーズ"のさし絵を依頼されたガース・ウィリアムズは、インガルス一家の農地を発見した。これは、そのとき彼がとったビッグ・スルー（大沢地）の写真。地平線に見えるのがインガルスの農地。

インガルス一家にとって、この農地がわが家となった。ただ、厳しい冬の間はデ・スメットの町に住んだ。とうさんとかあさんと娘たちは力をあわせて農地を耕し、最初に建てた小屋を広くし、野菜畑を作り、雌牛やニワトリを飼った。こうして一家は、1880―87年まで夏はこの農地で暮らした。1892年、とうさんはここを人に売った。

インガルス農地の家とガース・ウィリアムズ
この家は、1947年にガース・ウィリアムズが農地で見た家であるが、インガルスの家ではない。その後、ほかの農地へ移された。

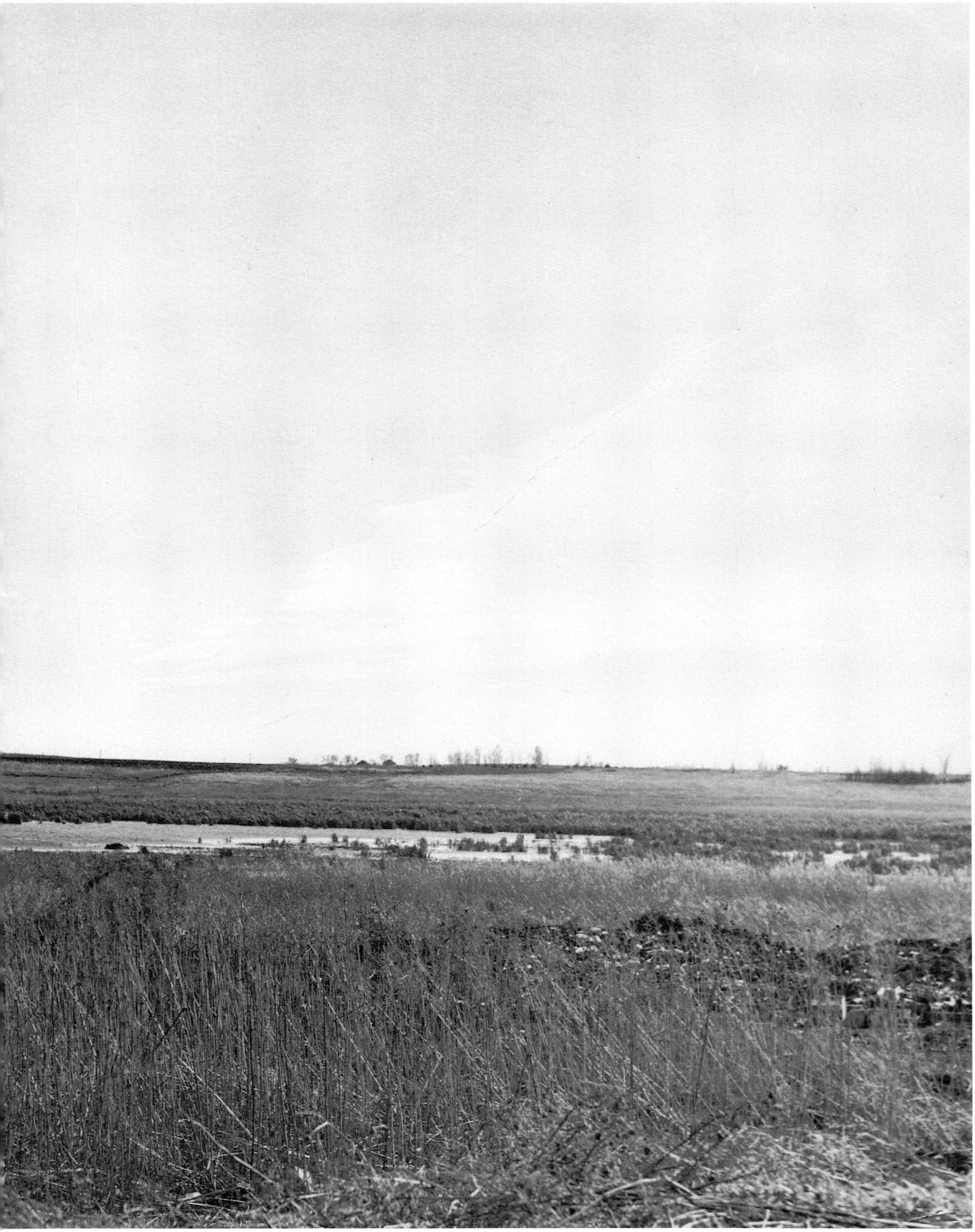

6……長い冬

　『長い冬』は、1880－81年の歴史に残る厳しい冬の物語である。吹雪につぐ吹雪が、ダコタの大草原を吹きあれた。大きな雪の吹きだまりができ、風と寒さは想像を絶するものだった。町から離れた農地では、飢えと寒さのために凍死する者もでた。老インディアンが、デ・スメットの町へ来て、7か月続く厳しい冬が来ると予言したが、その予言が的中したのだった。10月に吹雪がやってきたとき、とうさんは冬を町で暮らす決心をした。

　一家は、とうさんとかあさんが本通りに所有している店に引っ越した。ローラとキャリーは、町の学校へ通った。だが、吹雪が次から次へとやってきて、汽車は来なくなり、町の店はクリスマスまえの買い物がすんだあとのように、空っぽになってしまった。

　汽車を通すため、いくら線路の雪をとりのけても、すぐに吹雪がやってくる。1月になって、鉄道会社はついに、春まで汽車を走らせないと宣言した。暖かくなるまで、まだ4か月もあるというのに！

　インガルス一家は、1880－81年の冬を必死でのりきった。食べ物は底をつき、小麦をコーヒーひきでひいて、それでパンを焼いた。石炭もなくなり、大草原には燃やす木さえなかった。人々は干し草を手でかたくよって、それを燃やした。

　しかし、とうさんはいった。「意志あらば、道あり。」

　こうして、ついにデ・スメットの人々は、『長い冬』をうちまかしたのだった。

とうさんが、厳しい冬が来るらしいと知ったのは、インディアンの警告を聞き、ジャコウネズミの巣がいつになく頑丈にできているのを見たからだった。とうさんは、動物の本能が厳しい冬を予見したのだと思った。この写真は、ヘンリー湖のほとりで見つけたジャコウネズミの巣。

一家が冬を過ごしたとうさんの店。本通りと2番通りの角にあった。これは、のちに少し奥に移されたが、とりこわされた。

とうさんとローラは、寒さをこらえて干し草をより、かあさんは小麦をコーヒーひきでひき、それでパンを焼いた。

✣

ローラの干し草棒は、ぴんとしてなくて、でこぼこだった。とうさんのは、真っすぐで堅い。だが、とうさんは、最初にしては上出来だといった。2度めは、もっとうまくなるだろう。

ローラは、6本作った。そのたびに、まえよりも上達し、6本めは、完璧だった。でも、そのころになると、寒さで手の感覚がなくなっていた。

✣

> The Hard Winter
> Chapter One
> Making Hay.
> The whirr of the mowing machine sounded cheerfully from the old buffalo wallow south of the claim shanty. Blue stem grass stood thick and tall there and Pa was cutting it for hay.
> Laura brought a pailful of water from the well at the edge of the Big Slough. She rinsed the stone water jug to cool it, then filled it full of the fresh water, corked it tightly and started with it for the hayfield. The sunshine was bright and hot and Pa would be thirsty, for it was only three o'clock of a hot afternoon. There would be hours yet of mowing before Pa would stop work for night.
> As Laura carried the jug of water to the field, she watched the clouds of white butterflies hovering over the path and a dragon fly with lovely gauzy wings chasing a gnat. Laura knew they were dragon-flies because Ma said so, but Pa called them Devil's darning needles and Laura

『長い冬』のローラ手書きの原稿。デトロイト公共図書館に保存されている。書名は初め、長い冬(Long Winter)でなく、厳しい冬(Hard Winter)だった。

霜が窓に凍りついてきた。部屋の中にいても、壁ぎわは、すごく寒かった。ストーブのそばは、本を読むには暗すぎた。お皿を洗いおえて、片付けてしまうと、かあさんは、赤いチェックのテーブルかけをかけたテーブルに、ランプを持ってきて、明かりをつけた。芯のそばにほんの少ししか灯油がなかったが、それでも、あたりをぽっと暖かくしてくれた。ローラは、青年の友(THE YOUTH'S COMPANION)の新聞つつみをあけて、キャリーと二人で、その白いなめらかな紙に印刷された、たくさんの物語を、胸おどらせて眺めた。

かあさんがいった。「ローラとキャリーで、一つ話をお選び。みんなが聞けるように、わたしが読んであげようね。」

雪にとじこめられた汽車。当時の写真。

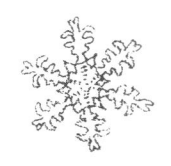

この写真は、インガルス一家がデ・スメットへやってきた直後にとられたもの(1881年)。
左から、キャリー、メアリ、ローラ。
とうさんとかあさんの写真もおそらく同じときにとられたものだろう。

食料がつきたデ・スメットの人々を救うために、2人の若者アルマンゾ・ワイルダーと、キャップ・ガーランドは、危険を承知で、小麦を持っているという人を捜して大草原へでかけた。

✝
（やっと、小麦を手に入れた2人は、泊まっていくようにとのすすめを断って、帰路についた。）
　大きな雪だまりの陰を出た彼らは、つきさすように冷たい風の中へ出た。平たい谷間を出たか出ないうちに、馬のプリンスが雪野原のくぼみに落ちこんでしまった。その危険な場所を避けようとしたキャップの馬の足元が、突然へこみ、馬は悲鳴をあげて落ちてしまった。
✝

凍りついた大草原では、白い樹氷が目印だ。

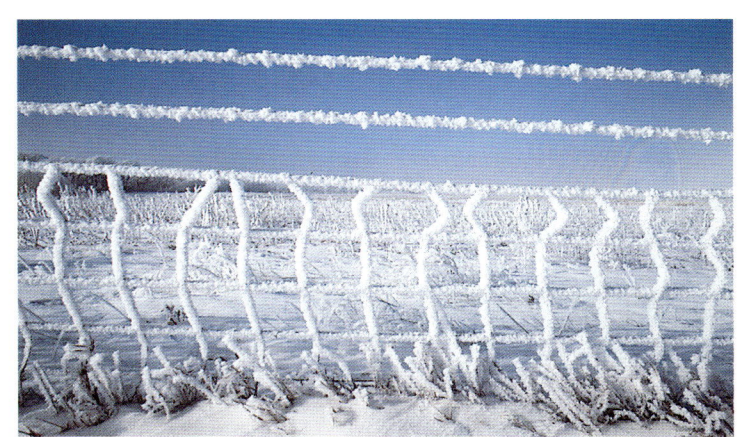

雪をかぶった柵は、冷たい青空に幾何学模様を見せる。

ダコタの大吹雪のあとには、キジの足跡しか残らない。

7……大草原の小さな町

　「町がこんなだとは知らなかった。」と、キャリーがつぶやいた。ローラも、あまり気にいらなかった。これまで、こんなにたくさんの人を見たことがなかったのだ。ただひたすら、町の通りを歩くだけだったし、たくさんの知らない人の中にいると、落ち着かなかった。

　『大草原の小さな町』で、ローラは、できたばかりのデ・スメットの町の様子を生き生きと物語っている。とうさんは、町の重要な人物だった。治安判事などをつとめ、町の政治に参加していた。現在でも、とうさんの裁いた事件の記録が、とうさん自筆で残っている。とうさんはまた、学校委員もつとめ、組合教会の建設にも参加した。とうさんとかあさんとメアリは、教会の創立メンバーだった。
　インガルス一家は、冬の間、町で暮らした。ローラにとって、デ・スメットは、にぎやかな興味ある町だった。ローラとキャリーは、学校へ通った。パーティやら教会の集いやら、親睦会やら文芸会などにも参加した。夏には、7月4日の独立記念日の競馬や、おまつりが楽しかった。
　ローラが学校の先生になるために懸命に勉強しているとき、メアリは町から遠くにいた。1881年の秋、とうさんとかあさんは、メアリをアイオワ州ヴィントンにある盲人大学に入れたのだ。メアリはそこで7年間勉強し、点字の読み書き、裁縫、編み物、織物、ピアノ、声楽、オルガンを習った。
　町は発展し、とうさんの農地も順調だった。ローラは、とうさんの手伝いをし、かあさんの野菜畑の手伝いもした。自然の中で、土のにおいをかぎながら働くのが好きだった。ローラは、一筋縄ではいかない大草原の土地を耕して、りっぱな農地を作るため、とうさんとかあさんの手伝いができることを誇りに思っていた。

1883年に書かれたデ・スメットの地図。ローラが16歳のときの町の様子がわかる。とうさんが建築を手伝った組合教会は、A印のところである。通りをへだてた建物が、学校だ。本通り（キャリュメット通り）沿いで、2番通りの角に、とうさんの店がある。（K印のとなり）他の建物も、すべてローラの物語にでてくるものばかりである。

1883年の、デ・スメットの本通り。ローラが初めて見た町であり、ここでローラは、若い開拓農夫アルマンゾ・ワイルダーに会った。

デ・スメット駅
汽車は、町の人々にとって、なくてはならないものだった。東から生活に必要な物資を運んでくる汽車は、ローラにとって、いつも胸おどる鉄の馬だった。

現在の本通り（キャリュメット通り）。
右端に見えるのが、とうさんの店跡に建った家。

キングズベリー郡庁舎ができたのは1898年だが、ローラやその家族にとって、なじみのある建物である。

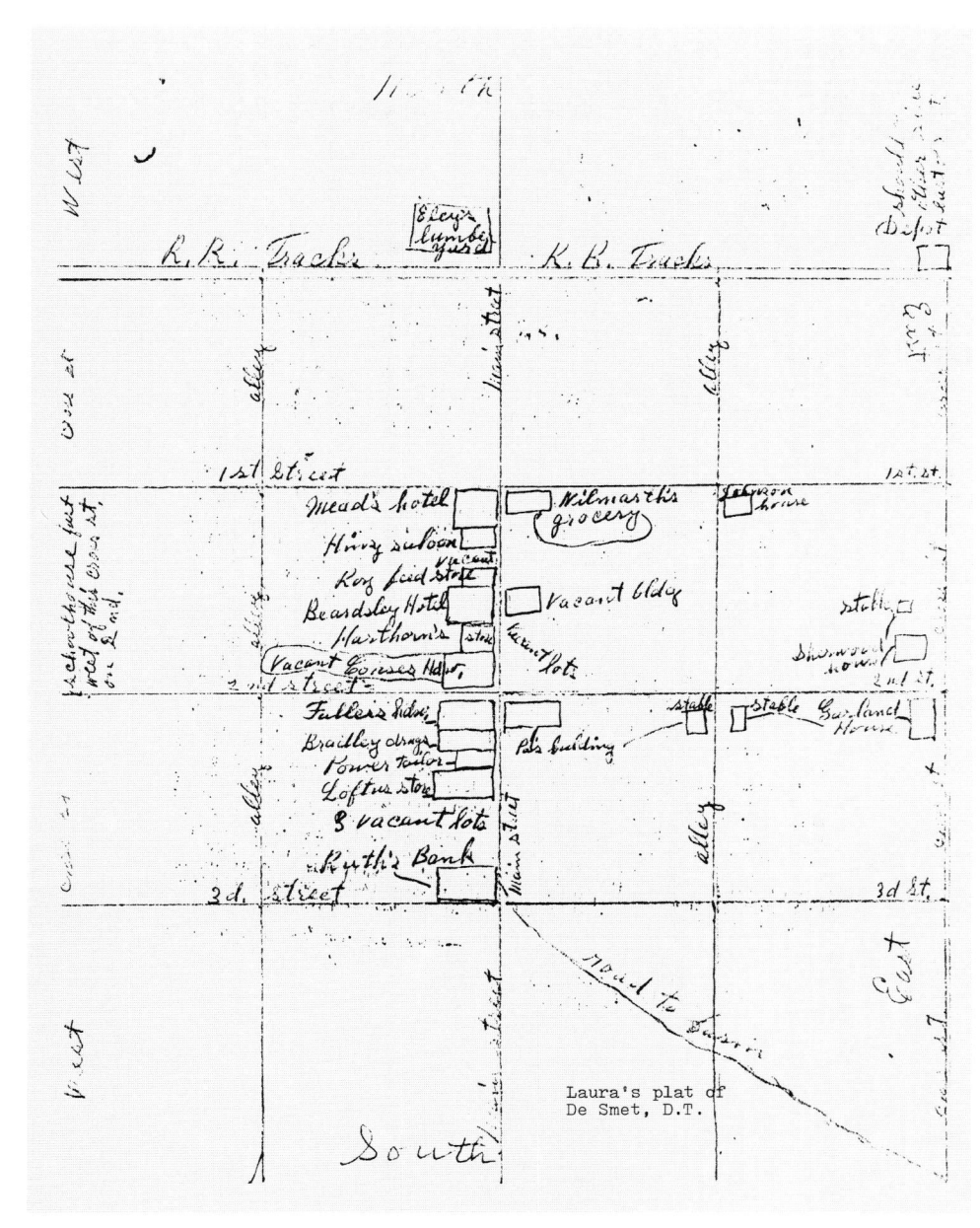

ローラは一生懸命勉強した。先生になると決心したからだ。かあさんも昔、先生だった。ローラも、かあさんのようになりたかったのだ。それに、先生になれば、メアリの大学の費用もだせる。ローラは、歴史が好きだった。学習発表会では、アメリカの歴史を町の人々の前で暗唱した。これは、ローラの使った歴史の本のとびら。

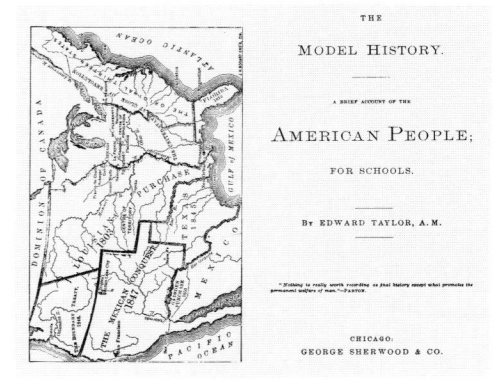

ローラが書いた『大草原の小さな町』の地図。
なつかしい建物や場所を思い出しながら書いたもの。

デ・スメットの学校は、2番通りにあったが、現在は測量技師の家のそばに移築され、見学ができるようになっている。ローラが『大草原の小さな町』で通い、アルマンゾの姉、イライザ・ジェイン・ワイルダーに教わったのは、この学校である。

ローラの持っていた名刺。
名刺は、当時の人々の数少ない楽しみの一つだった。

初期のデ・スメットの雑貨店。
生活に必要な食料品から雑貨まで、さまざまの商品を扱っていた。

✢
　さわやかな朝の空気が、あたりにみちみちていた。マキバドリが歌い、サンカノゴイが長い足をぶらぶらさせ、長い首をのばして、ビッグ・スルー（大沢）から、グワッ、グワッと声をあげながらとびたった。生き生きした美しい朝だったが、とうさんとローラは大急ぎで歩いた。お日さまと追いかけっこだった。
✢

ローラは、町の洋裁店へ働きにでた。自分とメアリの衣服を買うお金を少しでも稼ぐためだった。夏の朝、ローラととうさんは、農地の家から町まで歩いていって、洋裁店でシャツの下縫いや、ボタンの穴かがりをした。ローラは器用で、仕事が早かった。裁縫はすべて手縫いで、とても上手だった。

ハービー・ダンは、1884年、デ・スメットから10キロばかり離れたところで生まれた。ローラとは、同時代の画家である。ローラが大草原を文字で表したのに対し、ダンは色と形で表現したのだ。

彼は、アメリカの有名な画家であり、教師であった。彼の絵は、大草原に生きる人々と自然を描いている。彼は、インガルス一家とは親戚である。ローラの妹グレイスが、彼のおじと結婚したからだ。

ハービー・ダンの絵の多くは、ブルッキングズのサウス・ダコタ美術館に展示されている。

デ・スメットの町は、めざましく発展していったが、大草原は変わらず静かで、人もいなかった。大草原の湖や沢地には鳥が住み、草原には草原ライチョウがいた。ハービー・ダンの絵、『夕飯を捜しに』（Something for Supper）は、鉄砲をかついで獲物を捜しにいくとうさんを思わせる。

●

この『大草原はわたしの庭』（The Prairie is My Garden）は、ダコタの美しい大草原を描いている。春になって、草が緑に萌えると、いっせいに花が咲きだす。6月は、バラの月と呼ばれるほど、赤やピンクの野バラがきれいだ。かあさんと娘たちは、よく家のまわりに咲いた花をつんで、部屋に飾っていた。

ローラのいたころとちっとも変わっていない
大草原の道。

デ・スメット近くの沢地。

野の花は、大草原の彩り。

ローラは、目の見えないメアリを連れて、よく大草
原を散歩した。そして、メアリにまわりの花や草や、
空の様子を目に見えるように説明してやった。
中央の黒い鳥はブラック・バード（ムクドリ）。

草の中でブンブンいう青い虫を、
とうさんは、悪魔の針と呼んでいた。

大草原のインガルス農地。
この写真は、ガース・ウィリアムズが1947年にとったもの。

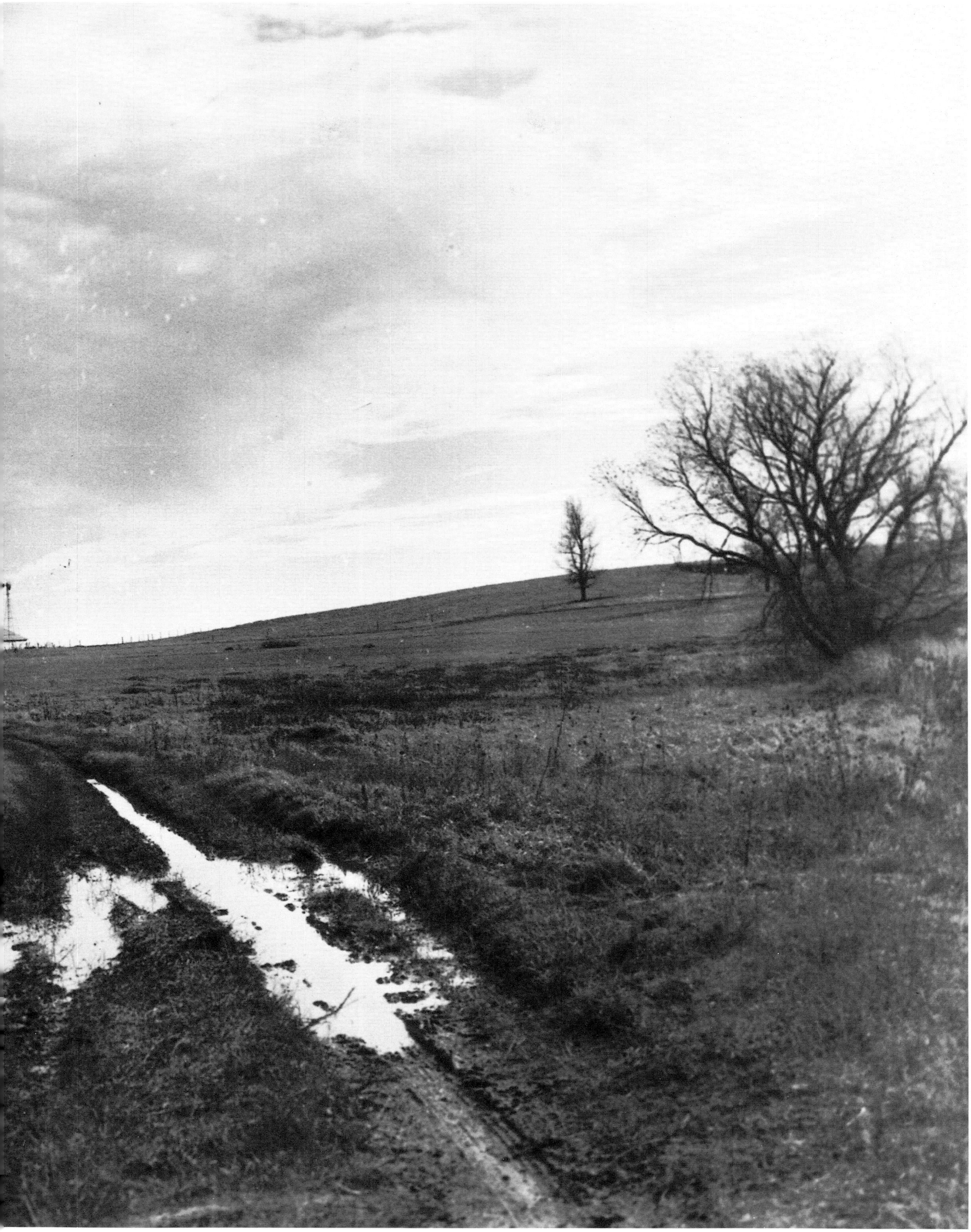

8……この楽しき日々

✢

「あれが先生の机だわ。」と、ローラは思った。そのとたん、「あっ、わたしが先生なんだわ！」

自分の足音が、いやに大きく響いた。子供たち全員の目が、ローラを追っていた。ローラは、本とお弁当箱を机に置くと、コートとフードを脱いで、いすのそばの壁にある釘にひっかけた。机の上には、小さな時計があった。針は、9時5分前をさしている。

授業を始めるまえに、どうにかして、この5分間を持ちこたえねばならない。

✢

1943年、ローラは、"小さな家シリーズ"の8冊めである『この楽しき日々』を書いた。これは、ローラが初めて学校の先生をしたときの体験を物語っている。15歳で、ローラはデ・スメットから20キロ離れたブルースター学校で教えてほしいと頼まれた。ローラはホームシックに耐えて、2か月間無事に教えおえた。ローラは、盲人大学へ行っているメアリの学資や、夏休みにメアリを呼びよせる汽車賃を出したいと思っていたのだ。ローラは三つの学校で先生をしたが、いつも金曜の午後に、アルマンゾ・ワイルダーが家までそりや馬車で送ってくれたのが、何よりもうれしかった。アルマンゾは、デ・スメットの若い農夫だった。彼の馬たちは、キングズベリー郡では、ほかにかなうものがいないほどいい馬だった。その馬がひく、ぴかぴかのそりや、すてきな馬車に乗せてもらうのは、すばらしい気分だった。

最初ローラは、アルマンゾが迎えにきてくれると、はずかしくて、週末に家へ帰るためだけに、そりにのせてもらっているのだと、彼にいったこともある。だが、彼は毎週迎えにきた。夏の間、2人はスピリット湖や、ふたごの湖まで馬車で遠出したりした。ローラは、6月の野バラをつむのが大好きだった。

とうさんとかあさんの農地は、順調だった。夏休みにメアリが帰省したとき、みんなはメアリの進歩に目を見はった。みんな、メアリの大学生活の話を聞いたり、新しい服作りなどで、にぎやかに忙しく過ごした。ローラは、再び洋裁店で働きはじめた。自分の衣服を作るお金を稼ぐために。

まもなくアルマンゾはローラに結婚を申し込み、ローラは承諾したが、結婚式で誓いのことばをいうとき、アルマンゾに従うということばはいわないといった。アルマンゾも承知した。こうして2人は結婚し、デ・スメットから2キロばかりのところに建てた灰色の家で新婚生活を始めた。

ローラが、初めて先生をしたのは、デ・スメットの南にあったブルースター学校だった。建物は古い開拓小屋で、板と板の間にすき間があいているような有様だった。郡の教育長がやってきたとき、彼は生徒たちに、寒かったら、ストーブのそばで勉強してもいいといったほどだった。
この学校を復元したものが、測量技師の家のそばに建てられている。1880年代の学校がどんなに粗末だったかが、よくわかる。

デ・スメット時代のアルマンゾ・ワイルダー（1880年代）。

17歳のローラ・インガルス（1884年）。

✜

アルマンゾがいった。「この指輪、気にいってくれるかな。」
　ローラは、自分の指にするりとはめられた指輪を、たそがれにのぼってきた月の光にかざしてみた。金色の輪と楕円形の台が、かすかな月光の中で、きらりと光った。台にうめこまれた三つの石が、きらめいた。
　「中心がガーネットで、両端が真珠なんだ。」
　「きれいね。」ローラはいった。「あたし……あたし、これをいただくことにするわ。」

✜

ローラとアルマンゾは、よく馬車で、ヘンリー湖など、大草原に点々と散らばる湖へドライブにいった。そして、ある日アルマンゾは、ローラに結婚を申し込んだ。

9……はじめの四年間

『はじめの四年間』は、ローラの死後に出版された本である。原稿は、ほかの原稿と同じように、鉛筆ではぎとり式のノートに書かれていた。だが、ローラは出版するために、これに手を入れることをしなかった。1957年にローラが亡くなったとき、すべてを娘のローズ・ワイルダー・レインが継いだ。1968年ローズが亡くなったとき、彼女の後継者であるロジャー・マクブライドが、この原稿を発見し、1971年ローラの死後14年たってから、この本が出版されたのである。

『はじめの四年間』は、決して楽しい物語ではない。ローラとアルマンゾの新婚生活と、苦難の日々の記録である。舞台は、デ・スメットの北の農地と樹木農地である。そこで2人は、さまざまの困難に立ち向かわねばならなかった……家の火事、日照り、生まれたばかりの息子の死(1889年)、そして、2人ともジフテリアで九死に一生を得た。

ローラはアルマンゾに、もしも3年間農業をやって成功しなかったら、町へ移るという約束をさせた。ところが、3年たったとき、彼らはとても農地を離れてほかへ行かれる状態ではなかった。そこで、2人は必死で働いた。アルマンゾは、ジフテリアの後遺症で健康を損ねていたので、ローラが畑仕事を手伝った。娘のローズは後に、アルマンゾの体には麻痺が残っていたのだといった。

苦しい4年間ではあったが、ローラは、自分がほんとうは農業に向いていると悟ったのだった。

この低い丘の上に、ワイルダーの家があった。一人娘のローズは、ここで、1886年12月5日に誕生した。この標示板は、ローズ・ワイルダー・レイン誕生の地を示している。

アルマンゾの樹木農地には、カエデやポプラが植えられていた。日照りのために、せっかく育てた木々も、多くが枯れてしまったが、現在でも残っている木々が見られる。デ・スメットの北で、ハイウェイ25から見える。

デ・スメットの新聞（The De Smet News and Leader）にのったローラとアルマンゾの結婚の記事
………1885年8月25日、ブラウン牧師宅にて、ローラ・インガルスとアルマンゾ・J・ワイルダーが結婚した。2人の将来に幸多かれと祈る。

ローズは、ローラの好きな
6月の美しいバラにちなんで名付けられた。

結婚直後のローラとアルマンゾ。

ワイルダーの一人娘、ローズ。
この写真は、ローズが3歳のときのもの。

10……その後のインガルス一家

　1887年、ローラとアルマンゾが、デ・スメットの北の農地に建てた家で暮らしていたころ、とうさんとかあさんは農地を離れ、町へ引っ越すことにした。とうさんは、3番通りに小さな灰色の家を建て、クリスマス・イブに、かあさん、キャリー、メアリ、グレイスと共に、そこへ移った。後に、家は建増しされた。ここが、インガルス一家の最後の家となった。ローラは、ここに住んだことはなかったが、よく訪れた。ここに一家は、40年住んだ。1972年、ローラ・インガルス・ワイルダー記念協会が、この家を修復した。それ以来、たくさんのローラ・ファンが訪れている。中には、一家の使った品が数多く展示されており、ファンの目を楽しませてくれる。

裏庭の井戸ポンプ。

台所の食器棚。とうさんがかあさんのために作ったもの。
メアリは、台所でよくかあさんを手伝った。

居間のとびらから、3番通りが見える。

インガルス家の食堂にある電話。これは1915年にとりつけられた。

居間にかかっているとうさんとかあさんの写真。

とうさんとかあさんの寝室で。

インガルス一家ゆかりの品々。
ビーズ細工は、メアリが失明してから作ったもの。

一家は、本を大切にしていた。シェイクスピアの文字が見える。

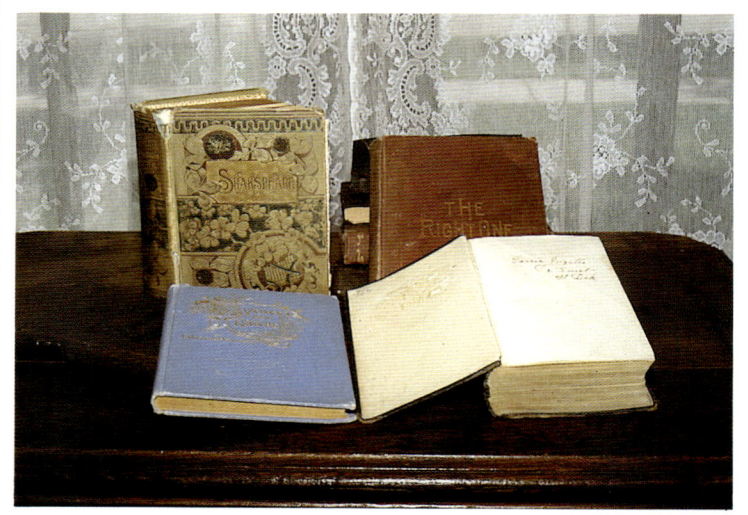

文具箱、かあさんからキャリーへの手紙、かあさんのレース編み。

とうさんとかあさんの寝室には、家族が幌馬車で旅したときから使っていたトランクがある。

メアリとローラとキャリー、それぞれが陶器の宝石箱を持っていた。それぞれのふたには、きれいな花が入っている。これはキャリーのもの。

メアリの小さな寝室。
あぶない階段をのぼらずにすむように、1階にある。

狭いくねくねした階段をのぼって2階へいくと、部屋が三つある。

現在、2階には、ローラの娘ローズ・ワイルダー・レインの使ったものや家具が置いてある。大きな机は、ローズが、コネティカットのダンベリーの家で使っていたもの。

ローズの家具は、1968年に彼女が亡くなってから後、デ・スメットへ送られてきた。ローズは、ダンベリーに1938—68年まで住んでいた。

机の上にあるローズのタイプライター。これでローズは、数多くの本や雑誌の原稿を書いた。また、母ローラの"小さな家シリーズ"のタイプをうったのも、ローズである。ローラは鉛筆で原稿を書いたので、出版社に渡すために、ローズがタイプしたのだった。

客用の小さな寝室。

デ・スメットを訪れる人々は、ここで〝小さな家シリーズ〟の舞台の半分を見ることができる。ローラ・インガルス・ワイルダー記念協会は、1967年、ゆかりの場所のガイド・ツアーを始めた。毎年、ここを訪れる人々の数は増加する一方だ。ガイドは、ローラの大草原や町での生活を物語る。開拓時代をしのばせる場所が、20か所ほどあり、地図を片手に、教会、学校、とうさんの店跡、ロフタスさんの店、ワイルダー兄弟の店跡、とうさんとかあさんの家、ボーストさんの家跡、インガルスの農地、ワイルダーの農地などを見ることができる。

ローラ・インガルス・ワイルダーゆかりの場所めぐりは、このギフト・ショップからスタートする。測量技師の家がとなりにある。

ガース・ウィリアムズによるさし絵のシリーズ、および、ヘレン・スーウェルによるさし絵の、初期のシリーズが展示されている。その他、いわゆるローラ・グッズが、ところせましと並べられている。

デ・スメット図書館には、インガルス一家の使った品が展示されている。これは、一家が使った食器。

メアリの使った浮きだし文字の聖書。全部で8巻ある。

Caroline L. Ingalls

Charles P. Ingalls

現在残っているたった1枚の、インガルス一家の写真。1890年代、デ・スメットでとられたもの。座っているのが、左から、かあさん、とうさん、メアリ。後ろに立っているのが、左から、キャリー、ローラ、グレイス。ローラは、結婚式に着た黒いドレスを着ている。

3番通りから西方を見たところ。これは、1900年代初めの絵はがきであり、インガルス一家の見た景色である。矢印の家がインガルス家。

●メアリ●

メアリのこの写真は、アイオワの盲人大学にいたころとられたもの。

1889年に大学を卒業したメアリは、デ・スメットに帰ってきた。その後に、とられた写真。メアリは、目の光を取り戻すことはなく、結婚もしなかった。しかし、とうさん、かあさんと共に、幸せに暮らした。

メアリは大学で、点字の読み書きを習った。しかし、目の見える友人や家族には、特別な溝のついた石板を使い、鉛筆で字を書いた。

●キャリー●

1890年代のキャリー。

キャリーは、新聞社で働いた。最初に、デ・スメット・ニュース社で印刷の仕事を覚えた。その後、サウス・ダコタ、ワイオミング、コロラドを旅しながら、各地で小さな新聞社をやった。これは、新聞社のオフィスでのキャリー。

1912年、キャリーは、2人の子持ちのやもめ、デイヴィッド・スウォンジーと結婚した。そして、サウス・ダコタのキーストーンで暮らした。夫は、金鉱を所有し、裕福だった。

キャリー（右）、義理の息子ハロルド（そのとなり）、義理の娘メアリ（右から4番め）。キーストーンでとった写真。

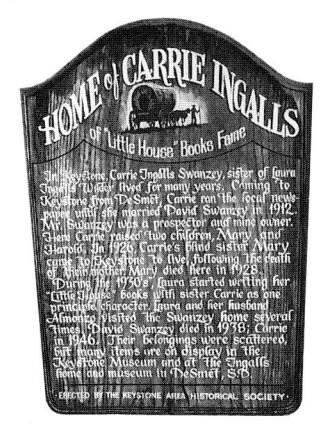

キーストーンに建てられた標示板。キャリー・インガルス・スウォンジーが、1912年から1946年に亡くなるまで、この地に住んでいたことが書かれている。

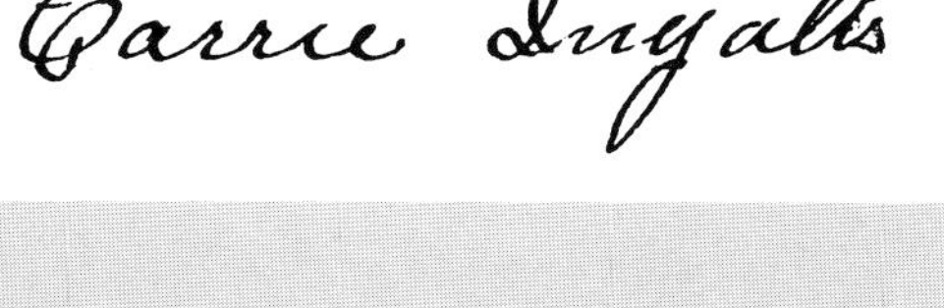

キャリーと友だち。左側に立っているのが、キャリー。

●グレイス●

10代のグレイス。

グレイスとネイサン・ダウは、1901年、インガルスの家で結婚した。
デ・スメットから、10キロほどのところで農業をしていた。

これは、サウス・ダコタのマンチェスター近くにあったグレイスの家と農場。
とうさんとかあさん、メアリ、ローラ、キャリーも、よくここを訪れた。

Grace Ingalls.

この墓石は、とうさんが1902年、66歳で亡くなったときに建てられた。

ローラを除くインガルス一家全員は、このデ・スメット墓地に眠っている。墓地は、小高い丘の上にあるので、そこから、インガルスの農地や、デ・スメットの町が見える。

かあさんは、とうさんが亡くなってから22年後(1924年)に、この世を去った。
亡くなるまで、メアリとずっと暮らしていた。

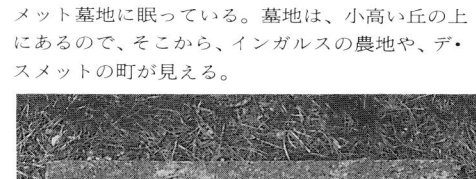

メアリは1928年、キーストーンのキャリーの家で亡くなったが、この墓地に埋葬された。

キャリーは未亡人となり、1946年にキーストーンで亡くなるまで、1人で暮らしていた。しかし、遺言によって、インガルス家の墓所に埋葬された。

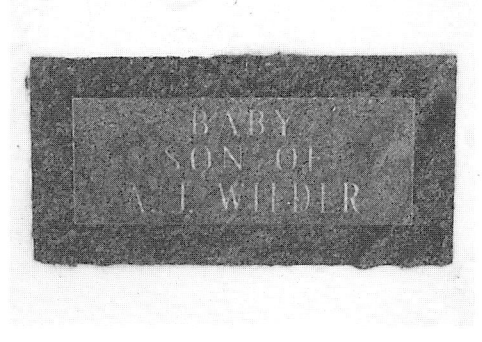

ローラとアルマンゾの、12日しか生きなかった息子も、インガルス家の墓所に埋葬されている。

グレイスとネイサン・ダウの墓は、インガルス家の墓所のすぐそばにある。

デ・スメット時代のアルマンゾ。 　　　　　　　　　　　結婚式の黒いドレスを着たローラ。1890年代の写真。

デ・スメット周辺の日照りは、ますますひどくなり、アルマンゾの病後の休養が必要だったので、ローラとアルマンゾはローズを連れて、1890年、デ・スメットを離れ、幌馬車でミネソタ州のスプリング・ヴァレーへ行った（p.113参照）。そこで、アルマンゾの両親が大きな農場をやっていた。3人は大歓迎をうけ、ここに1年滞在した。そこから、3人は汽車に乗って、気候の温暖なフロリダ州へ向かった。アルマンゾが、健康を取り戻してくれることを期待したのだった。一家は、ウェストヴィル近くの〝松林の家〟に落ち着いた。南部の人々から見れば、ローラたちは〝ヤンキー〟であった。ローラは、ここの湿気の多い気候のために病気になり、1892年、一家は再びデ・スメットに帰ってきた。この写真は、フロリダにいたころのローラとアルマンゾ。

サウス・ダコタの農場の生活は、ローラとアルマンゾにとって、決して楽なものではなかった。毎日の糧を得ることすら困難だった。この楕円形のガラス皿は、2人が最初のクリスマスに買ったもの。樹木農地の家が、火事で焼けたとき、外へほうりだされたので、焼けずにすんだ。この皿は、現在、マンスフィールドのローラ・インガルス・ワイルダー博物館に展示されている。

Laura Ingalls Wilder Pageant

1955年、ホールマーク・ラジオ・シアターが、ローラの許可を得て、『長い冬』をもとにしたドラマを作った。それは、その年デ・スメットの創立75周年を記念して、デ・スメットで上演された。その後1968年、測量技師の家を修復するための基金を作るため、その劇が再び上演された。そして、1971年からは毎年、上演されるようになったのである。

ローラ・インガルス・ワイルダー・ページェントは毎夏6回行われる。場所は、大草原にあるインガルスの農地が見えるところで、夕方、日が沈んでから行われる。

オークウッド公園の日の出

11……わが家への道

●650マイル(1,040km)の旅の地図●
参考『わが家への道―ローラの旅日記』岩波書店発行

1	デ・スメット
2	ハワード
3	ブリッジウォーター
4	ヤンクトン
5	ハーティントン
6	コウルリジ
7	ベルデン
8	ウィンサイド
9	スタントン
10	リー
11	スカイラー
12	リンカーン
13	ビアトリス
14	ブルー・スプリングズ
15	メアリズヴィル
16	アーヴィング
17	スプリング・サイド
18	ウェストモアランド
19	ルイスヴィル
20	セント・メアリズ
21	ロスヴィル
22	キングズリー・ステイション
23	シルバー・レイク
24	トピカ
25	オタワ
26	レイン
27	グッドリッチ
28	パーカー
29	ウォール・ストリート
30	マウンド・シティ
31	プレスコット
32	フォート・スコット
33	ペドロ
34	カノーヴァ
35	ゴールデン・シティ
36	ロックウッド
37	サウス・グリーンフィールド
38	エヴァトン
39	アッシュ・グローブ
40	スプリングフィールド
41	ヘンダーソン
42	シーモア
43	マンスフィールド

ローラは、この文具箱の中に、大切な100ドル紙幣をしまっておいたが、一時それが紛失して大騒ぎになった。『わが家への道―ローラの旅日記』にくわしく書かれている。

デ・スメットへ戻ったローラたちは、とうさん、かあさんの家のそばの小さな家に住むことにした。アルマンゾも、体をいたわりながら働きはじめた。そして、ローラは再び、洋裁店でお針子をやった。ローズは、学校へ通っていたが、すでに才能のきざしを見せはじめていた。

ローラは、冬の厳しい大草原を離れて、もっと気候のいい土地で、アルマンゾが働けたらと思っていた。ローラたちは、ミズーリ州へ行った人から、オウザーク丘陵にある肥沃な土地や気候の話を聞き、また、すばらしく大きな赤いリンゴを見せられて、そこへ移住する決心をした。ローラは、洋裁店で働いて100ドル貯めた。このお金で、2人は、ミズーリのマンスフィールドの土地を買うことにしたのだった。マンスフィールドは、"オウザーク丘陵の珠玉の町"といわれていた。

1894年7月、ローラとアルマンゾと7歳のローズは、デ・スメットをあとにした。みんなは、とうさんとかあさんとメアリとキャリーとグレイスにわかれを告げて、幌馬車で長い旅にでた。これが、ローラの最後の幌馬車の旅だった。ローラは毎日、旅日記をつけた。6週間、一家は南へ向かってサウス・ダコタをぬけ、ネブラスカ、キャンザスを通り、ミズーリへ入った。1894年8月30日、ついに、マンスフィールドに到着した。馬車がゴロゴロと、この小さな町に入ってきたとき、ローラは、「ここにわが家をつくりましょう。」といった。

（ローラの死後、娘のローズがローラの旅日記を編集して、『わが家への道―ローラの旅日記』として出版した。）

現在のマンスフィールドの町。

8月29日。7時10分にキャンプを出る。森をぬけて、気持ちのいい道を進む。オークの木々が、日陰を作ってくれている。行けば行くほど、この土地が好きになってくる。ネブラスカ州や、キャンザス州にもいいところはあったが、ミズーリ州は、ただもうすばらしい。すると、マンリー(アルマンゾのこと)が、わざわざわたしを呼んで、いった。
「ほんとうに美しいところだね。」

岩尾根農場（ロッキー・リッジ・ファーム）の日の出を、ローラはこういった。「太陽がのぼりはじめると、あたかも地球が動いているのがわかる気がするのです。足元で、地球全体が朝日に向かって動きはじめるかのような……。」

「自然の声は、わたしたちがおとなになればなるほど、聞こえにくくなります。でも、それは、わたしたちが忙しさにかまけて、自然に耳を傾けなくなるからです。まだまだ楽しむことができる美しい自然に対して、耳も目も鈍くなってしまうからです。」

ワイルダー一家は、オウザークの岩の多い40エイカーの土地を買って落ち着いた。ローラは、ここを岩尾根農場（ロッキー・リッジ・ファーム）と呼んだ。ここが、ローラとアルマンゾの最後のわが家になった。2人の開拓時代は終わり、ここで牛やニワトリを飼い、バターやチーズを作り、果物を栽培した。2人の努力によって、農場は200エイカーに増えた。それと共に、2人が農場にある材料を使って建てた家も、次第に大きくなっていった。1913年、18年かけてやっとすばらしい家が完成した。家は、樹木にかこまれた丘の上に立っている。ここで、ローラとアルマンゾは、残りの長い生涯を過ごした。そして、晩年になって、ローラはその長い人生最後の刈り入れをした……"小さな家シリーズ"である。

この家で最初にできたのが、キッチンである。1957年にローラが亡くなってから、この家は記念館として一般に公開されるようになった。博物館がとなりにあり、そこには"小さな家シリーズ"ゆかりの品々が展示されている。見学者は、まずキッチンのポーチから家に入ることになっている。

ローラとアルマンゾの家が右側にある。
左側は、ローラ・インガルス・ワイルダー博物館。

キッチンから食堂まで、さっと食べ物を運べるように工夫したカウンター。テーブルからひいた皿も、簡単にキッチンの流しへ運べるようになっている。ローラを訪ねてやってきた人々は、この食堂でローラと話した。

ローラのお気に入りの揺り椅子。

ローラのキッチンは、農業をしていたころは実に忙しい場所だった。アルマンゾは、ローラが望むようにキッチンを作った。今も、ローラが亡くなるまで使っていたままになっている。

食堂をでたところにあるポーチ。
暑い日など、ここで食事をしたこともあった。

広い居間と書斎の壁には、農場のオーク材が使われている。この居間で、何度もパーティが開かれた。スクウェア・ダンスをすることもあった。ローラは、とうさんのヴァイオリンを思い出すのだった。
大きな暖炉は、ローラが農場で見つけた大きな石で作られた。この部屋の家具の中には、娘のローズからの贈り物もいくつかある。居間は、17人が座れる広さだった。

アルマンゾは、ほとんどの家具を自分でこしらえた。これは、糸杉の切り株で作ったテーブル。

ローラが書き物をしたのは、小さな書斎だった。
ここでローラは、Missouri Ruralist という新聞
に記事を書いた。それは、1920年まで続いた。
その後、ローラは"小さな家シリーズ"を次々
に書き、また、たくさんのファン・レターに返
事を書いた。

居間の隅に、古いオルガンが置いてある。
ローラの姉メアリが使ったオルガンとされていたが、
1890年に購入されたもので、メアリのものではない
とわかった。

ローラとアルマンゾの寝室には、シングル・ベッ
ドが2台。ここで、アルマンゾは1949年に亡くな
り、ローラは1957年に亡くなった。

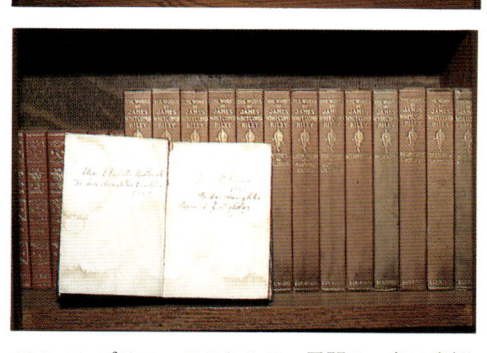

この時計は、1894年、ローラたちがデ・スメット
から持ってきたものである。1886年のクリスマス
に、アルマンゾがローラにプレゼントしたもの。

アルマンゾはローラのために、居間の一角に書棚
を作った。200冊以上の本が入っている。ローラは、
本のコレクションもしていた。かあさんからもら
った本を、とくに大切にしていた。

この油絵は、1932年のThe Saturday Evening Post
誌の表紙を飾った絵である。これは、ローズ・ワイ
ルダー・レインがその雑誌に3部にわけて発表した
小説『大草原物語』の場面を描いたもの。

ミズーリ州マンスフィールドの通り。1900年ころの写真。ロッキー・リッジは、町から東へ2キロたらずのところにあったので、ローラたちは、よく町へやってきた。ローズは学校へ通い、アルマンゾは石油運搬の仕事をし、ローラは、ブルーバード鉄道会社の職員の食事係をしていた。一家は、マンスフィールド・メソジスト教会に通っていた。そこで、ローラは最初の婦人バザーをとりしきった。

ロッキー・リッジ農場の囲い柵。

ローラは、自分の家のことをこう書いた。「春になると、スミレの青いじゅうたんがしきつめられる低い丘の上に、白い農家があります。ハイウェイが丘のふもとを走っています。家の裏には、渓谷があって、小川が流れています。その渓谷の後ろに、傾斜の急な高い丘がそそりたっていて、オークの大木や、ハナミズキなどが生えています。アルマンゾとわたしは、この白い家に住んでいるのです。」

ローズは、ロッキー・リッジのことを、「ここは、ほんとうにすてきです。涼しくて静かで、大きな木に囲まれていて……。」といっていた。

1904年に、電信技手として働くために家をでたあとも、ローズは、ちょくちょくロッキー・リッジに帰ってきた。彼女は、1915年から作家としての活動を始めた。1920年代と1930年代は、ロッキー・リッジで暮らした。この写真は、ローズがいたころの居間の様子。

ローズはいった。「夜、暖炉のそばで、オウザークに住む人々の話を聞かせてあげましょう……。」その通り、ローズはオウザーク地方に住む人々のことを、たくさんの物語や本にあらわした。Hill Billyもその一つである。

ローラは、窓にカーテンをひくのがきらいだった。外の美しい景色が、隠れてしまうからだ。「わたしのきれいな自然の絵を隠してしまいたくなかったのです。」外には、「森と、草地と、丘が、青い空を背景に、うねうねと続いています。」

２階へ通じる階段。

ロッキー・リッジの家具は、ほとんどアルマンゾの手作りである。プロではないが、実に器用に作った。アルマンゾがローラのために作った、食堂の食器棚や収納棚は、とてもよくできている。

ローラは、家事が得意だったが、農場でもアルマンゾの良き助力者だった。少女の頃、とうさんの手伝いをしたのと同じように。これは、ロッキー・リッジの納屋。干し草がいっぱいつまっている。ローラは、こういった。「日の照るうちに、草を干してしまいました。もう望むことはありません。」

アルマンゾは、背の低いローラのために、キッチンの台を低くこしらえた。ローラは150センチくらいしかなかったのだ。ローラは、小麦粉を窓際に置き、毎週パン種をこねるときには、いつも窓から外が眺められるようにした。パン種をこねるのが、嫌いだったからだ。しかし、窓から、鳥や木や、空を渡る雲を見ていると、仕事が早く片付くのだった。

この写真は、1925年のThe Country Gentleman誌にローラが書いた記事のためにとられた。アルマンゾは、ストーブの中にパイプを通して、流しでお湯が使えるようにした。中央に見えるのは、キッチンから食堂へ食べ物や食器を運ぶためのカウンターで、ローラの発案によるもの。

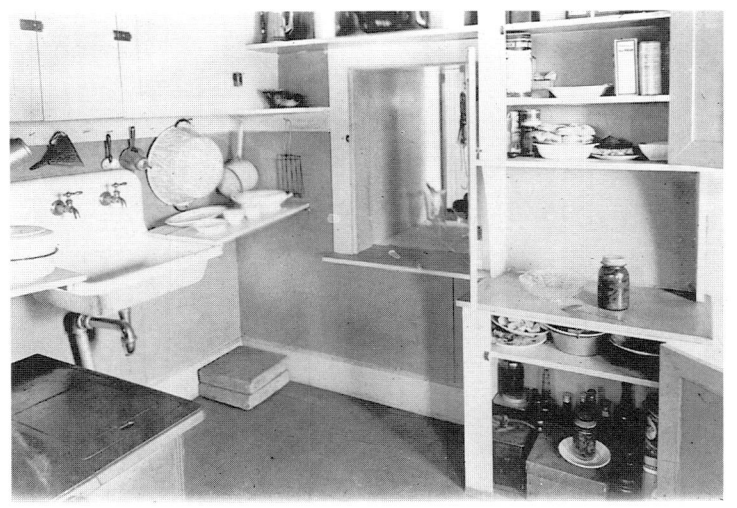

家に電気が通じるようになったとき、ローラはうきうきと、灯油ランプを流しの上の戸棚へ片付けた。ランプのそうじはほんとうに面倒くさいものだった。

●アルマンゾ●

ローラに横引きのこぎりの片方を引かせ、アルマンゾは木を切り倒し、耕地を広くした。また、リンゴ園も成功した。ロッキー・リッジのリンゴは、汽車に積まれて、テネシー州のメンフィスや、キャンザス・シティ、セントルイスなどへ出荷されていった。この写真は、アルマンゾが干し草車に乗って、馬のバックとビリーにひかせているところ。
その車で、アルマンゾのとなりにいるのが犬のネロ。

アルマンゾは、ロッキー・リッジを大きくするために、懸命に働いた。

マンスフィールドに来たばかりのころ、アルマンゾは馬車いっぱいの薪を50セントで売ったものだった。ロッキー・リッジの木々は、売るためだけでなく、家の薪としても使われた。これは、冬に備えて、キッチンのとびらのそばに積みあげられた薪。

1911年、ローラがMissouri Ruralist紙に記事を書きはじめたころ、ローラは友だちや家族のこと、家のこと、ロッキー・リッジのことを書いた。『うちのリンゴ園』という話も書いた。それは、1912年、この写真と共にのった。アルマンゾが、12年たったリンゴの木のわきに立っている。この木から、一度に7たるのリンゴがとれた。

ロッキー・リッジの最初の納屋。農場では、乳牛、豚、ニワトリ、七面鳥、羊、馬を飼っていた。

●ローラ●

アルマンゾもローラも、友だちづきあいが好きだったので、教会の集まりや、ピクニック、ダンス、パーティなどには、よく参加した。これは、農場の近くにあるウィリアムズ洞窟で、1908年にとったもの。ワイルダー夫妻は、左の2人。

アルマンゾとローラは、モルガン種の馬が好きだったので、農場でもその種類の馬を飼っていた。アルマンゾは、モルガン種の馬は、特にオウザークの石の多い土地に適しているといっていた。

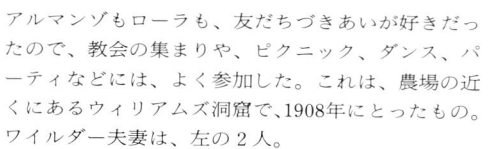

家の裏手の渓谷。そこで、泳いだりピクニックしたり、遊んだりした。岩の間を小川が流れ、頑丈なブドウのつるで、ブランコもした。谷の小川で遊ぶローラ（左）とローズ。

1900年代前半、ローラとアルマンゾとローズは、ロッキー・リッジの家を建増ししていたので、一時マンスフィールドの町に住んでいた。町の家のポーチに立つローラ。

ローラが自分で縫った白いドレスを着てとった写真。1900年代。このドレスは、マンスフィールドのローラ・インガルス・ワイルダー博物館に展示されている。

ローラはいった。「わたしは、家事をしたり、ニワトリや牛の世話をしたりしているとき以外は、書いていました。」
これは、夕食の豆をもいでいるローラ。

50歳のローラ。

1948年のアルマンゾとローラ。
アルマンゾは、その次の年に亡くなった。

"小さな家シリーズ"が世に出されてから、ローラはオウザーク地方で、たびたび名誉を与えられた。1950年、ミズーリ州のハートヴィルの図書館で、『ローラ・インガルス・ワイルダーの日』の催しがあった。旧友と握手しているローラ。ローラは、ライト郡最初の図書館の創設メンバーの1人だった。

Laura Ingalls Wilder

1951年、ライト郡の図書館のマンスフィールド分館が、ローラ・インガルス・ワイルダー図書館と名付けられた。ローラは、喜んでそのお祝いの式に参加した。ローラの左にいるのは、図書館員のフロレンス・ウィリアムズ。ローラは、毎週水曜日に、この図書館へ来ていた。

ローズは、作家として書いたものが売れるようになったので、両親に家をプレゼントしたいと思った。そこで1928年、ロッキー・リッジから少し離れたところに、新しい石造りの家を建てた。アルマンゾとローラは、そこに引っ越して数年暮らした。その間、ローズはロッキー・リッジに住み、執筆をし、ニューヨークやカリフォルニアからやってきた作家友だちをもてなした。1936年に、ローズが都会へ引っ越していったあと、ローラとアルマンゾは、もとの家に戻った（1937年）。ローラはいった。「ホームシックになってしまったのです。」
石造りの家は、今もマンスフィールドにある。

玄関でローズを迎えるローラ。

マンスフィールド墓地にあるローラとアルマンゾの墓。
ローズは1968年に亡くなり、その墓は両親の墓のすぐそばにある。

●ローズ●

ローズ・ワイルダー・レイン、17歳。
高校卒業のときの写真。

ローズは、ロバをかわいがっていた。
このロバに乗って、マンスフィールドの学校へ通った。

ローズは作家として、アメリカ国内、ヨーロッパ、アジアを旅行した。アルバニアに2年住み、Peaks of Shalaという本を書いた。これは1921年、フランスを旅したときの写真。

おとなになったローズは、ローラとアルマンゾに、1923年のビュイック車をプレゼントした。ローズは、アルマンゾに運転を教え、ローラも一時は習おうとした。

ローズは、指先が器用で、美しいパッチワークなどが得意だった。
これは、1939年にとった写真。

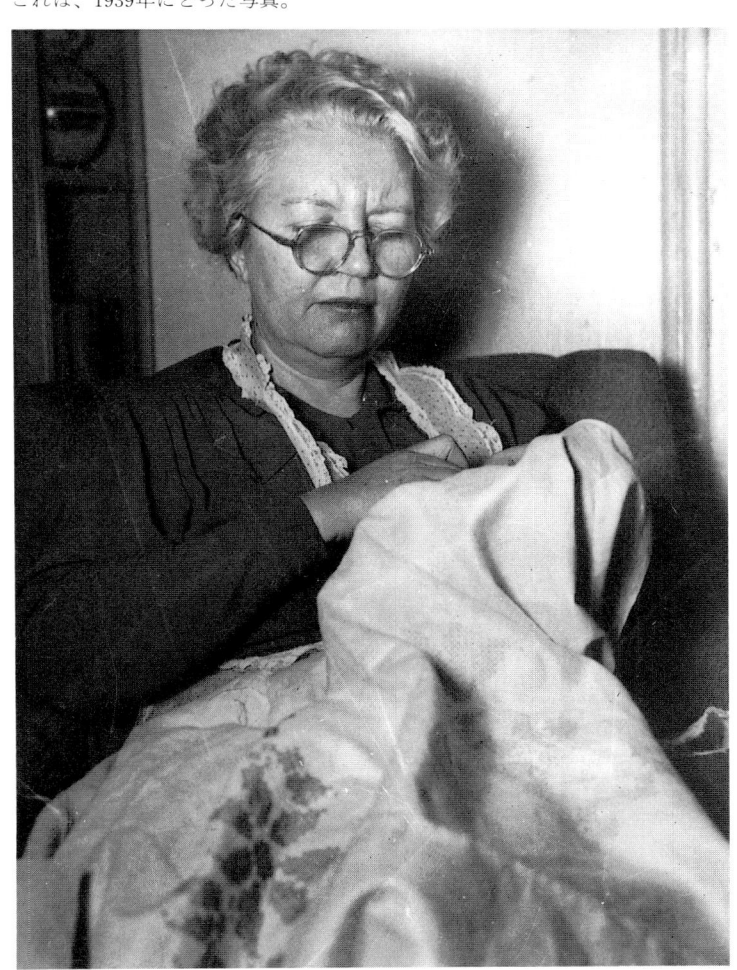

1915年、ローラは、ローズとその夫ジレット・レインが住むサンフランシスコに行き、万国博覧会を見物した。近くの森でとったローラとジレットの写真。1918年、ローズ夫妻は離婚し、ローズは二度と結婚しなかった。

サンフランシスコのバレオウ通りにあるローズの住んでいた家。ローラは、1915年にここに滞在し、博覧会の様子をマンスフィールドのアルマンゾに書き送った。その手紙集が『大草原の旅はるか』として出版されている。

12……農場の少年

『農場の少年』の舞台となった、アルマンゾの家。

　ローラが書いた本の中で、1冊だけ自分が登場しない本がある。それが、『農場の少年』である。それは、ローラの夫アルマンゾの少年時代をえがいたものだ。1866年、アルマンゾは9歳で、ニューヨーク州の北方にあるマローンの農場に住んでいた。農場は大きく、一家は裕福だった。子供たちは、ロイヤル、イライザ・ジェイン、アリスそしてアルマンゾだった。実際には、この他にローラとパーリー・デイがいたが、ローラ・インガルス・ワイルダーは、この2人のことは書かなかった。

　『農場の少年』は、馬と農場の生活を心から愛するアルマンゾ少年の物語である。アルマンゾは、大きな農家から歩いて学校へ通っていたが、ほんとうは父さんの手伝いをして、畑で働いたり、動物の世話をしたくてたまらなかった。

　ときどき、一家は、8キロほど離れたマローンの町へでかけた。教会、郡博覧会、独立記念日のおまつりなどに行った。ローラは、マローンへ行ったことがなかったが、町や農場の様子を実に細かく、巧みにえがいている。それは、記憶のいいアルマンゾが、くわしく説明したからだ。

　アルマンゾ・ジェイムズ・ワイルダーは、1857年2月13日に、この農場で生まれた。土地は1987年まで個人の所有だったが、アルマンゾ＆ローラ・インガルス・ワイルダー協会が購入し、まず農家が、そして納屋も復元された。さらに、2013年、ワイルダーの子どもたちが通ったと同じ学校が復元され、現代の子どもたちは、「昔の学校の一日」を楽しむことができる。

ワイルダー家の広々した食堂。この家は、部屋もたくさんあり、家具もすばらしいが、中でもこの食堂は、家族にとっていちばん楽しい、くつろぎの場所だった。

アルマンゾ少年と姉のアリス。1860年代の写真。

トラウト川は、ワイルダー家の近くを流れている。毎春、一家は総出で羊の群れを川で洗い、それから毛を刈った。

✚✚
アルマンゾは、足で桶をはさんで座り、手際よく乳をしぼった。左、右、シュッ、シュッ！乳が桶に斜めに流れこんで、たまっていった。その間、牛は穀粒を舌ですくいあげたり、ニンジンをかんだりしていた。
✚✚

母さんが織って作った毛布。
これは、デ・スメットのインガルスの家に展示されている。

ワイルダー一家は、1870年代の初めにマローンを離れ、ミネソタ州のスプリング・ヴァレーへ移った。その前にとられた写真。座っているのが、左から、ロイヤル、ジェイムズ・ワイルダー（父さん）、パーリー・デイ、アンジェリン・ワイルダー（母さん）、アリス。後ろに立っているのが、左から、アルマンゾ、ローラ、イライザ・ジェイン。

アルマンゾの姉、イライザ・ジェインは、アルマンゾとロイヤルが、1879年にダコタに移り住んだので、あとからやってきて、自分もその地に農地を得て、デ・スメットの学校で先生をした。『大草原の小さな町』にでてくるワイルダー先生である。

マローンのフランクリン高等学校。
アルマンゾの兄と姉たちが通った。

ミネソタ州のスプリング・ヴァレーにあった、ワイルダー家の大きな農家。1920年代にこわされてしまったが、納屋は今でも残っている。アルマンゾは、ここでおとなになった。1890年、アルマンゾは、ローラとローズを連れてやってきて、しばらく滞在したことがある。

✠

アルマンゾは食べつづけていた。父さんたちの話は聞こえていたが、おいしいロースト・ポークとアップル・ソースを夢中で味わっていた。冷たいミルクをごくごくのむと、ほうっとためいきをついて、ナプキンをさらにたくしこんでから、パンプキン・パイに手を伸ばした。

スパイスと砂糖のたっぷり入った、金茶色のぷるぷるした先っちょを切りとった。それは舌の上でとろけて、口と鼻の中が、スパイスの香りでいっぱいになった。

✠

アルマンゾは、モルガン種の馬を何よりも好んだ。
デ・スメットで開かれた最初の市で、ローラとアルマンゾが、テントの右にある馬車に乗っている。

絆は海を渡る……ローラと日本

谷口由美子

『長い冬』(石田アヤ訳、上巻、下巻)(資料提供・立花利根)

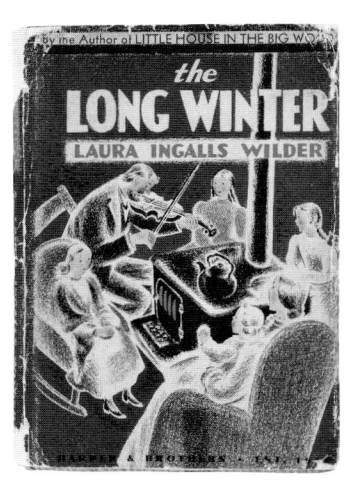

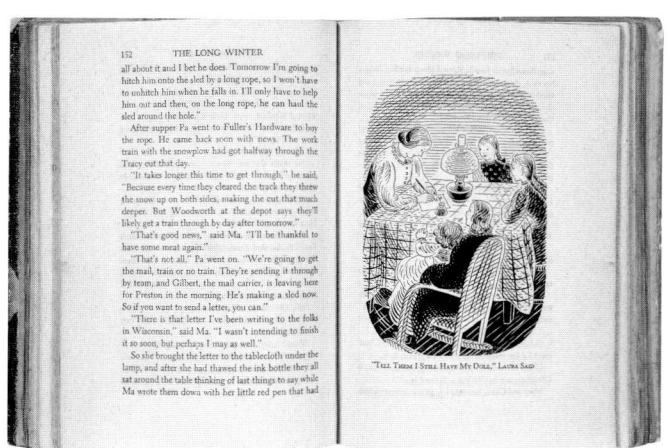

原書 *The Long Winter* の表紙と本文　(資料提供・立花利根)

＊ローラの物語の翻訳事始め

　戦後、つまり第二次大戦が終わった1945年以後、日本がアメリカの占領下に置かれていた時、日本にはアメリカの文化がまさしく怒濤のように押し寄せてきました。司令官のマッカーサー元帥は、アメリカの児童図書の翻訳出版を奨励し、「ＧＨＱ民間情報局の斡旋による翻訳許可」の方法で、日本の出版社が入札をし、数々の図書が翻訳されるようになりました。ローラ・インガルス・ワイルダーの"小さな家シリーズ"の第6巻にあたる『長い冬』(コスモポリタン社)は、そうした状況の中で、1949年に出版されました。イラストは、原書の初版のイラストで、ヘレン・スーウェルとミルドレッド・ボイルによるものです。

　じつは、『長い冬』の訳者、石田アヤさんは、戦前からローラの物語に親しんでいました。初めて目にしたローラの物語は、シリーズ2巻目の『大草原の小さな家』(原書)で、それを見つけた場所は、東京・銀座の教文館でした。石田さんはそれを自分の子どもたちに、訳しながら読み聞かせました。終戦直後のまだまだ暗い混乱した世の中を生きる子どもたちに、明るい、楽しい物語を与えたいと思ったからでした。主人公のローラが、この本の著者であるという、「ほんとうの話」に子どもたちは夢中になりました。そこで、石田さんはローラの物語を、自分の子どもたちだけでなく、日本じゅうの子どもたちのために翻訳出版したいと考えました。そして、シリーズの中で、『長い冬』が文学的にいちばん優れた作品であると思ったこと、またローラ一家が大自然の中、長くつらい冬をたくましく生き抜く姿が感動的であり、それがちょうど長い戦争の間に、石田さんたちが味わった苦労と重なるところがあることから、『長い冬』を最初にとりあげたのでした。いずれ全作品を訳したいと願っていたのですが、結局それは叶いませんでした。

　『長い冬』が1949年に出たあと、翌1950年には、『大きな森の小さなお家』(柴田徹士訳、文祥堂)、『草原の小さな家──少女とアメリカ・インディアン』(古川原訳、新教育事業協会)が出ました。その後、岩波書店が、コスモポリタン社の『長い冬』の権利を引き継ぎ、1955年に『長い冬』(鈴木哲子訳、岩波少年文庫)が出ました。その後、1957年に『大草原の小さな町』(鈴木哲子訳、岩波少年文庫)、1959年に『新しい大地』〈*On the Banks of Plum Creek*〉(庄司史郎訳　新紀元社)、1965年に『大きな森の小さな家』(白木茂訳、講談社、少年少女新世界文学全集13)と続きました。

　どの本も、シリーズと銘打って出されたわけではありませんでした。また、アメリカの開拓時代の中西部での広大な大草原

を描いた物語は、当時の日本の子どもたちにとって、遠い国のなじみのない場所のお話にすぎず、それほど広くは受け入れられなかったようです。

ところが、1970年代に、ローラの物語は俄然注目を浴びるようになりました。そのきっかけは、福音館書店から、シリーズとして出されはじめた「インガルス一家の物語」(恩地三保子訳)でした。原書と全く同じ装丁の美しい本が、5冊のシリーズとして、第1巻から次々に出たのです。『大きな森の小さな家』『大草原の小さな家』『プラム・クリークの土手で』『シルバー・レイクの岸辺で』『農場の少年』が、1972年から73年にかけて出版されました。『大きな森の小さな家』では、現代人には当たり前の便利なものが何もない暮らしの中で、ローラ一家は見事に喜びを見いだしていきます。その姿に感動した一女性の投稿が、「暮らしの手帖」誌に載った頃から、読者がじわじわと増えていきました。さらに、アメリカで1974年にスタートしたテレビドラマ「大草原の小さな家」が、翌年NHKで放映され始め、一挙にローラの物語への関心が高まったのです。

"小さな家シリーズ"は、全巻で10冊あります。そのうちの5冊が福音館書店から出されたので、シリーズの第6巻『長い冬』と第7巻『大草原の小さな町』を岩波少年文庫から出していた岩波書店が、続編の訳を出すことを決定し、1974年に『この楽しき日々』(鈴木哲子訳)を、1975年に『はじめの四年間』(鈴木哲子訳)を、そして1983年に『わが家への道——ローラの旅日記』(谷口由美子訳)を翻訳出版したのでした。ここにきて、やっと全巻の訳が揃ったというわけです（2000年に岩波少年文庫の5冊は新訳されました）。

作者ローラ・インガルス・ワイルダーが"小さな家シリーズ"を書いて出版しはじめたのは1932年、それから次々に続編を書き、第8巻『この楽しき日々』を書き終えたのが1943年、そして、ローラの死後に原稿が発見されて、第9巻『はじめの四年間』が1971年に出ました。第10巻『わが家への道——ローラの旅日記』は、物語ではなく、ローラの旅日記が基になっていて、これもローラの死後の1962年に出版されました。

ローラの物語の訳本は、上記の福音館書店と岩波書店だけでなく、講談社、角川書店、草炎社からも出ています。有名なガース・ウィリアムズのイラストを使っているのは、福音館書店版と岩波書店版だけですが、講談社版は、原書の初版のイラストを使っています。

「インガルス一家の物語シリーズ」（恩地三保子訳　福音館書店）

「ローラ物語シリーズ」（谷口由美子訳　岩波書店）

ローラ直筆のメッセージ （資料提供・立花利根）

＊『長い冬』がとりもつローラと日本のペンフレンドたち

　さて、日本で初めて『長い冬』が出版されることになった時、訳者の石田アヤさんが、当時81歳だったローラに手紙を書き、日本の子どもたちへのメッセージを頼んだところ、ローラは快く書いて送ってくれました。

　このメッセージは、『長い冬』の初訳本のとびらと、そして、2000年に新訳された『長い冬』のあとがきに載っています。

　ローラには、日本の読者のペンフレンドが、3人います。中野栄子さんと佐藤吉彦さん、そして、つい最近見つかったばかりの萱野通子さんです。3人とも、1949年に出た『長い冬』を読み、深く感銘を受けて、本に載っていたローラの住所を見て、ローラに手紙を書いたのです。その3人は、当時、東京の浅草に住んでいた松縄栄子さん（現在は中野栄子さん）、岩手県二戸郡に住んでいた佐藤吉彦さん、福岡県に住んでいた萱野通子さんです。

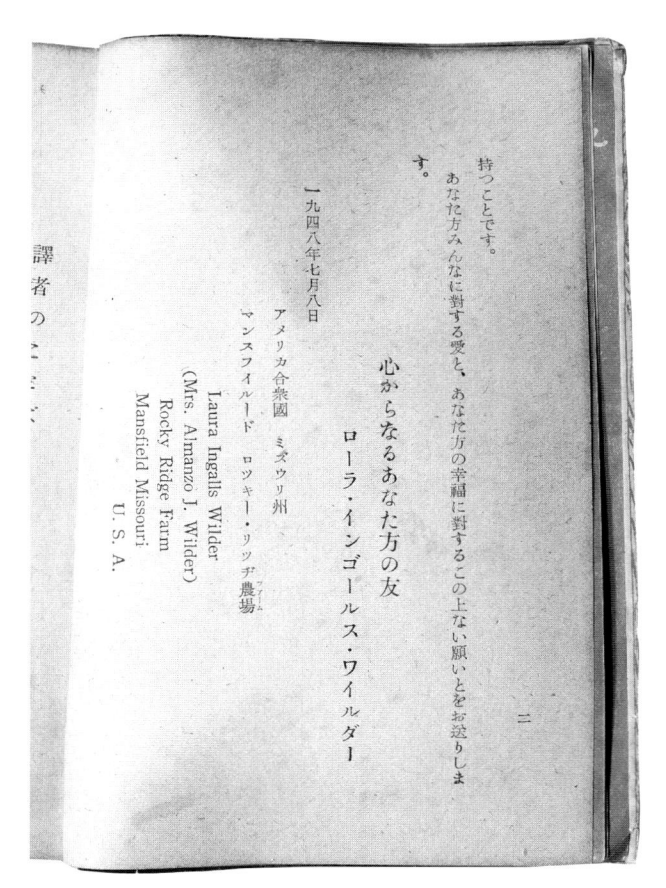

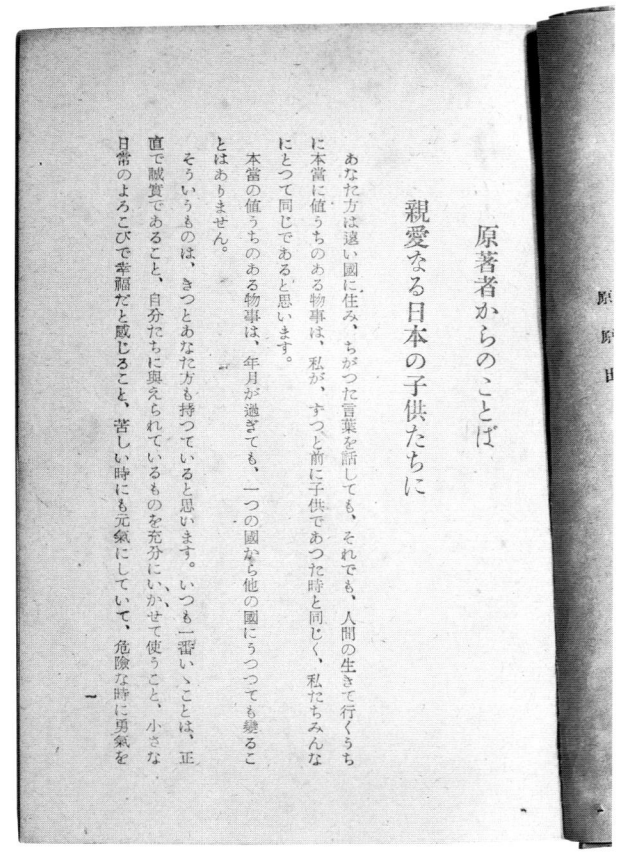

『長い冬』初訳本掲載のローラのメッセージ（訳：石田アヤ）〈資料提供・立花利根〉

「大草原の小さな家」の原作者 ローラのペンフレンド マツナワさんはどこに

米・博物館で手紙発見 「当時の様子教えて…」
連絡を待つ翻訳者の谷口さん

「マツナワ・エイコさんの消息をご存じの方はいませんか」。「大草原の小さな家」を翻訳した谷口由美子さんが、連絡をとりたがっている。マツナワ・エイコさんは、原作者ローラ・インガルス・ワイルダー（一八六七―一九五七）と文通した日本で数少ないペンフレンドの一人。その手紙が米国の博物館で見つかり、写しが谷口さんの手元に届いた。だが、差出人の住所にあった「向柳原」という町名はいまはなく、該当する名前も見当たらないという。

スプリングフィールドの博物館にたくさん残る手紙の束の中に埋もれていたのを、ローラ研究家の一人が見つけた。この人は谷口さんと古くからの知り合いで、コピーを送ってきた。

谷口さんのもとに届いた手紙は計五通。昭和二十四年の五月一日から六月十五日までで、いずれも原稿用紙が便せんに、日本や自分たちの生活ぶりを紹介し、写真を送ってもらったことへのお礼などが、英語で書かれてある。

例えば、▽隅田公園ではいま桜の花がとてもきれい▽弟のタケシと伊豆半島にスケッチに行きました▽富士山のしおりを送ります▽日本の田舎の風景をかいている本を届けます▽もし日本に来るならぜひとも東京を案内したい。

谷口さんによると、隅田公園の桜の名所は有名だった。谷口さんによると、盛岡市に住む人が同じころ三通の手紙をもらっていて、ローラから三通の手紙が届いているとみる。「マツナワ」さんから「マツナワ」さんへ、これらの手紙は、一年前になる。ローラの最後の家となったミズーリ州マンスフィールドに、当時十代後半か二十代前半。両親と弟の四人暮らしだった。ロ

谷口さんは「マツナワ」さんと少しでも知りたいと思った。しかし、差出人の住所にあった「浅草・向柳原二」は、台東区によると町名変更で浅草橋三丁目―五丁目辺りになる。手紙では、それ以外細かく自宅の住所を書いていなかった。「マツナワ」という名前を電話帳で捜したが、見つからなかった。

ローラの筆まめぶりを紹介し、本や写真を送ったことや、現在の浅草橋三丁目―五丁目辺りになる。手紙では、それ以外細かく自宅の住所を書いていなかった。「マツナワ」という名前を電話帳で捜したが、見つからなかった。

「ローラからの手紙は、いまとなっては本当に貴重です。マツナワさんにぜひとも見せていただきたいし、当時のやりとりの模様をもっと詳しく聞きたい。翻訳のかたわら資料の収集を進めている谷口さんは、そういっている。

「マツナワ」さんと文通をしていたころのローラ・インガルス・ワイルダー

「マツナワ」さんを捜している谷口由美子さん

「マツナワ」さんがローラに出した手紙のコピー

松縄さん捜しの新聞記事（朝日新聞 1988年10月7日）

---

1. 松縄栄子さんは、原稿用紙や便箋に、日本のこと、自分たちの生活の様子などを紹介し、写真や絵を添えて、ローラに送りました。松縄さんは当時22歳、辞書と首っ引きで手紙を書き、20通前後を出しました。ローラからも、10通近く返事がきましたが、松縄さんは結婚して、東京を離れ、茨城県に引っ越し、その後、埼玉県に引っ越したりしたため、残念ながら今は手紙が1通も残っていません。けれど、松縄さんが、生まれ育った東京の下町と別れるのが心細かった時、ローラはこう書いてくれました。

「田舎の日々こそ心がゆたかになる。すばらしい生活がエイコを待っているでしょう」

ローラの言葉に励まされ、彼女は童謡作家になりました。

松縄さんの手元にたった一枚残っている、ローラから送られた、ロッキー・リッジの家の写真。（資料提供・中野栄子）

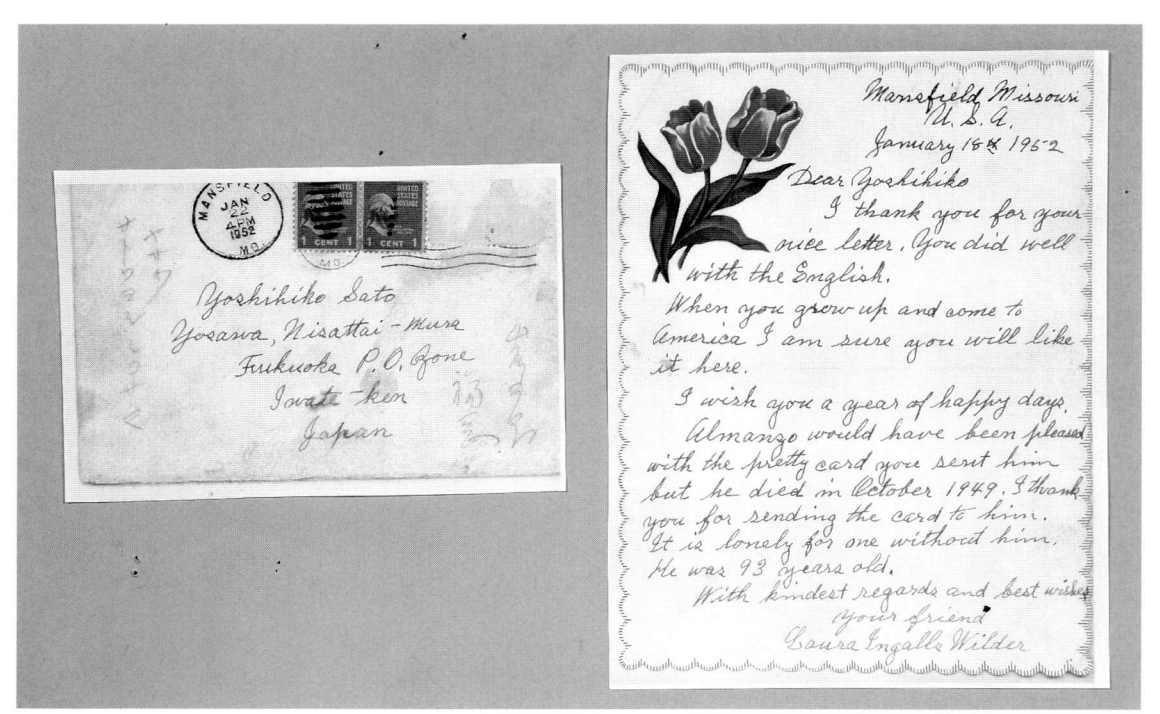

ローラからの直筆の手紙
（資料提供・佐藤清子）

1952年1月18日付け

アメリカ、ミズーリ州マンスフィールド
吉彦様

　すばらしいお手紙をありがとうございました。英語がとてもお上手ですね。
　あなたが大人になって、アメリカへいらしたら、きっとここを気に入ってくださるでしょう。
　今年があなたにとって幸せな一年でありますように。
　アルマンゾは、あなたが送ってくださったきれいなカードを見たらきっと喜んだでしょうけれど、1949年10月に亡くなってしまったのです。でも、カードを送ってくださって、うれしかったです。ありがとうございました。夫がいないのは寂しいです。夫は93歳でした。
　では、お元気で、ごきげんよう。
　　　　　　あなたの友、ローラ・インガルス・ワイルダーより

1952年6月14日付け

佐藤吉彦様

　すてきなお知らせとお手紙をうれしくいただきました。日本のみなさんに、わたしの手紙を紹介してくださって、ありがとうございます。とても誇らしい気持ちです。（注：1952年5月26日付け、毎日中学生新聞に載った記事のこと）
　お礼に物語や詩をお送りできなくて、ごめんなさい。ご存知のように、わたしはもう85歳になり、あまり体調がよくありません。以前のようにものを書くことはできなくなりました。せめて、あなたとあなたのお友だちみなさんに、心からのお礼と幸せを祈る気持ちだけお送りさせてください。
　　　　　　　　　　　　　　　かしこ
　　　　　　　　　　　ローラ・インガルス・ワイルダー

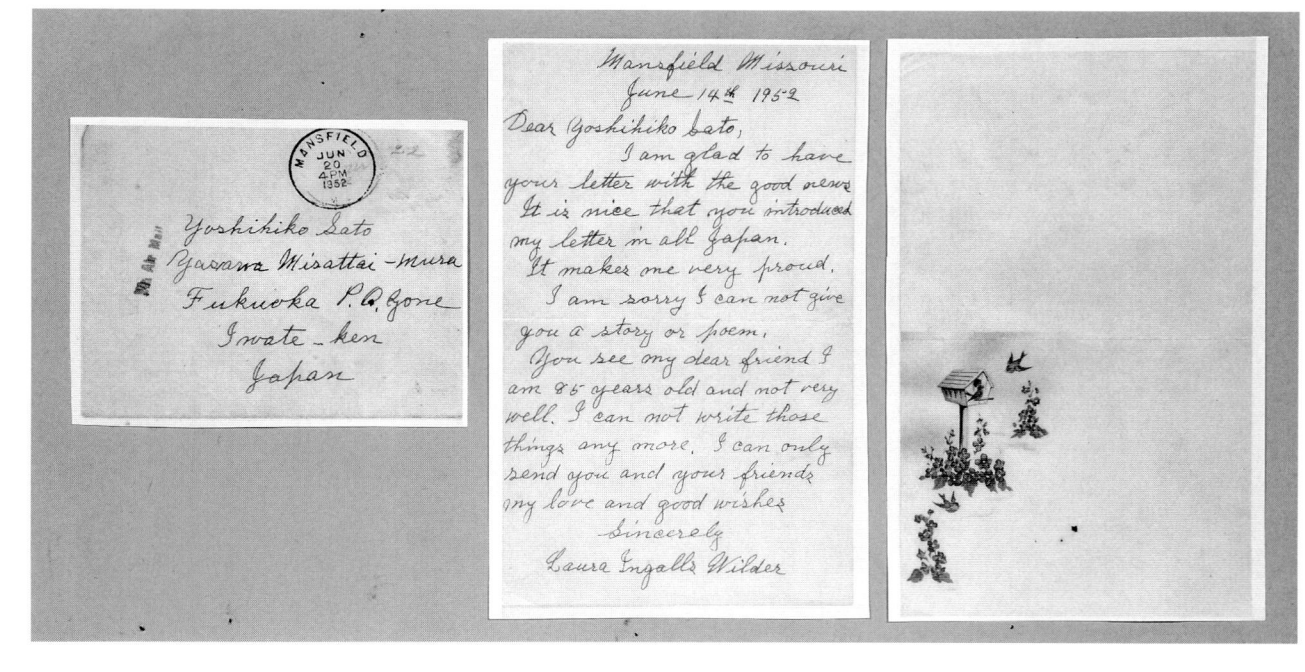

2. 佐藤吉彦さんは、岩手県二戸郡（現・二戸市）の中学２年生の時、熱心な英語の先生が海外文通を奨励したので、『長い冬』に載っていたローラの住所に手紙を書いたのでした。『長い冬』に描かれた、極寒や飢えに耐えて雄々しく生きるローラ一家の物語が、食糧不足の続く、戦後間もない時代を生きる中学生の佐藤さんに、強烈な印象を与えたのです。佐藤さんは、ローラと文通を始め、1952年に3通の手紙をもらっています。その後、佐藤さんは大好きな英語を学ぶため、大学の英文科に進み、岩手放送（IBC）に勤めました。自宅にローラ直筆の手紙を宝物として大切に保管していました。佐藤さんは、2011年7月に亡くなりましたが、2012年に銀座の教文館で「ようこそ、〝ローラ物語〟の世界へ！」展が開かれ、その後、地元盛岡市でも開かれた時、展示されたローラ直筆の3通の手紙は大勢の方々に感銘を与えました。

1952年12月31日付け

友へ

　クリスマス・プレゼントをありがとうございました。やっと税関を通過して、今朝届いたところです。この小さな絵の美しいこと！

　あなたもきっと楽しいクリスマスを過ごされたことでしょう。来年も良い年でありますように。

　おじいさまを亡くされたとのこと、心からお悔やみ申し上げます。あとに遺されるのは、とてもつらいものですね。

　あなたの書いた詩はとてもすてきです。高跳びの大会で入賞されたそうですね。お知らせを聞いて、うれしく思いました。

　　　　　　　　　　　あなたの友
　　　　　　　　　　　ローラ・インガルス・ワイルダー

（3通の手紙の訳：谷口由美子）

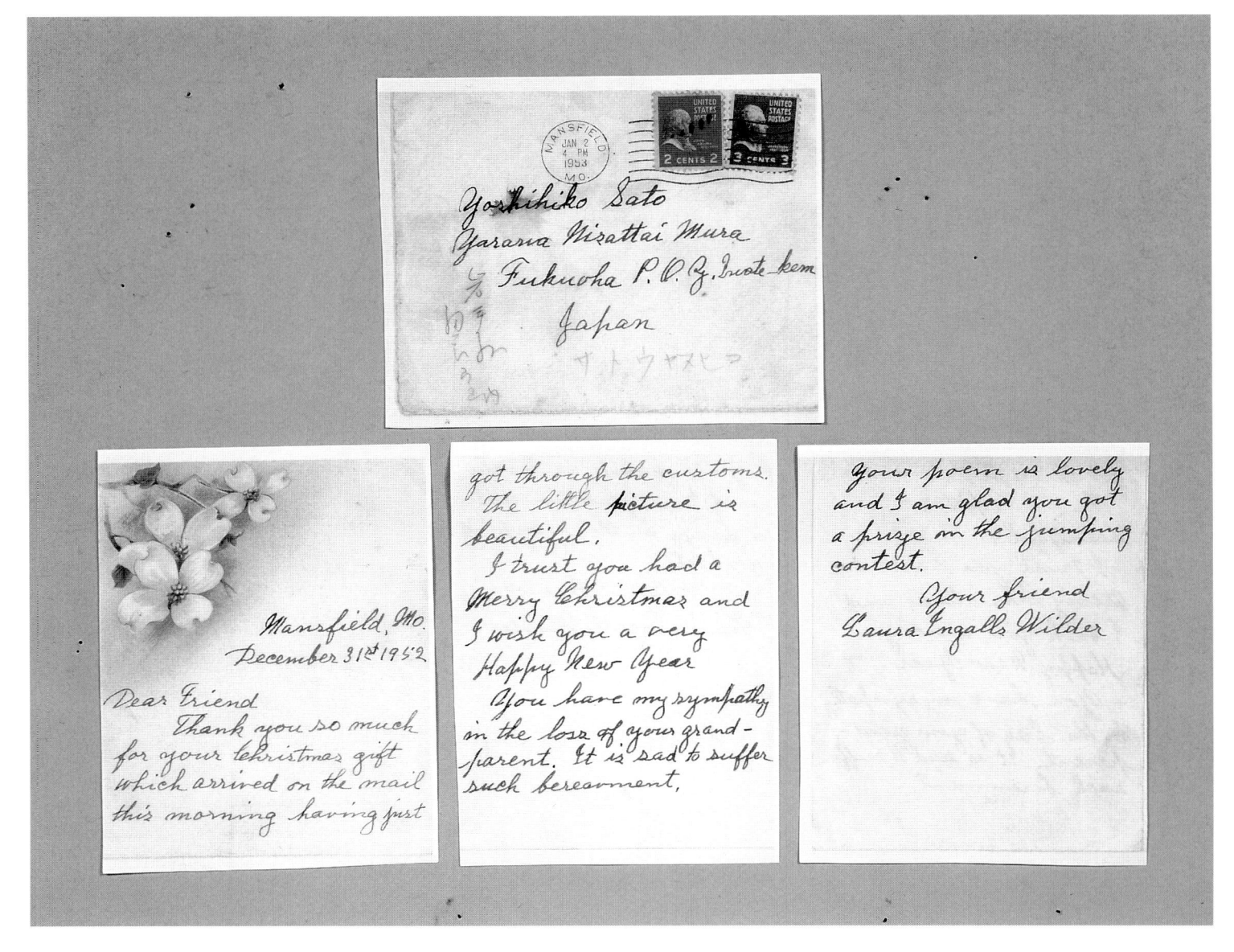

萱野さん捜しの新聞記事（朝日新聞夕刊　2013年5月1日）

3. さて、萱野通子さんは、つい先頃、見つかったローラのペンフレンドです。

　2013年1月、アメリカのローラ・インガルス博物館の館長から、62年前にローラと文通していた日本人の少女の手紙を見つけたという知らせと、その少女を捜してほしいという依頼の手紙がわたしの元に届きました。そして、5月に朝日新聞に、「62年前の少女　どこに」という記事が載りました。

　その後、萱野さんと電話や手紙でやりとりし、ローラと文通していた頃のお話をいろいろ伺いました。萱野家は本好きのご家族だったそうで、お父様が東京出張のたびに本を買ってきてくださったとのこと、『長い冬』（石田アヤ訳）もその中にあったのです。萱野さんは手紙でわたしにこう書いてくださいました。
「ローラ・インガルス・ワイルダー夫人のご著書は地味かもしれませんが、健康的で、人の暮らしのあるべき姿そのものに思え、生き生きした魅力があり、常に誰かが読み、或いは読み返していたものでございます……両親がクリスマスに子どもたちの枕元に置いてくれた本、それらは紙も装丁も粗末なものでしたが、内容が優れていて、今日までの長い間、思想や喜びを与えてくれました」

萱野さんが見つかったという新聞記事（朝日新聞　2013年5月8日）

1951年7月17日付け

アルマンゾ・J・ワイルダー夫人へ

　わたしは福岡市に住む、14歳の少女です。あなたがお書きになった『長い冬』を読みました。ありがとうございます。母と父と姉が読むようにすすめてくれたのです。

　とてもおもしろく、すばらしい本だと思いました。

　一昨年、父が、姉とわたしにこの本を買ってくれました。

　あなたのお父さん、お母さん、そして、すてきなメアリお姉さん、かわいいキャリーとグレイス、あなたのご主人、そして、あなたの友だちのメアリとミニー（注：『長い冬』に登場する、ローラの学友たち）は、お元気ですか？

　わたしは英語が得意ではありませんが、どうしても本のお礼を言いたくて、お手紙を書きました。

　　　　　　　かしこ

　　　　　　　　　　　　　みち・かやの

　追伸　あなたに、わたしと同じくらいの年齢のお嬢さんがいらしたら、手紙を交換したいです。

（萱野さんが書いた英文手紙の訳：谷口由美子）

＊「婦人朝日」に載ったローラからのメッセージ

　1950年秋、ローラは「婦人朝日」（朝日新聞社発行の月刊女性誌）から、終戦後5年たってもまだ混沌とした状態の中で、方向性を失っている日本の若い人たちのために、新年に向けて激励の言葉を送ってほしいという依頼を受け、次のようなメッセージ（注：原文は英語）を書きました。

「……人生根本の真理は、決して変りはいたしません。過去のどの時代よりも、現代は、真の勇気と、正直と、温和心が必要なのでございます……」

　ローラのメッセージは、広い太平洋を渡って、日本に届き、1951年の「婦人朝日」新年号に載ったのです。

　ローラと日本の絆は、海を越え、時代を超えて、今も、これからも変わることなく続いていくでしょう。

（注：「絆は海を渡る……ローラと日本」は、2012年1月19日～2月29日まで、東京銀座・教文館で開催された「ようこそ、"ローラ物語"の世界へ！」展のパネルに書いた原稿に加筆したもの）

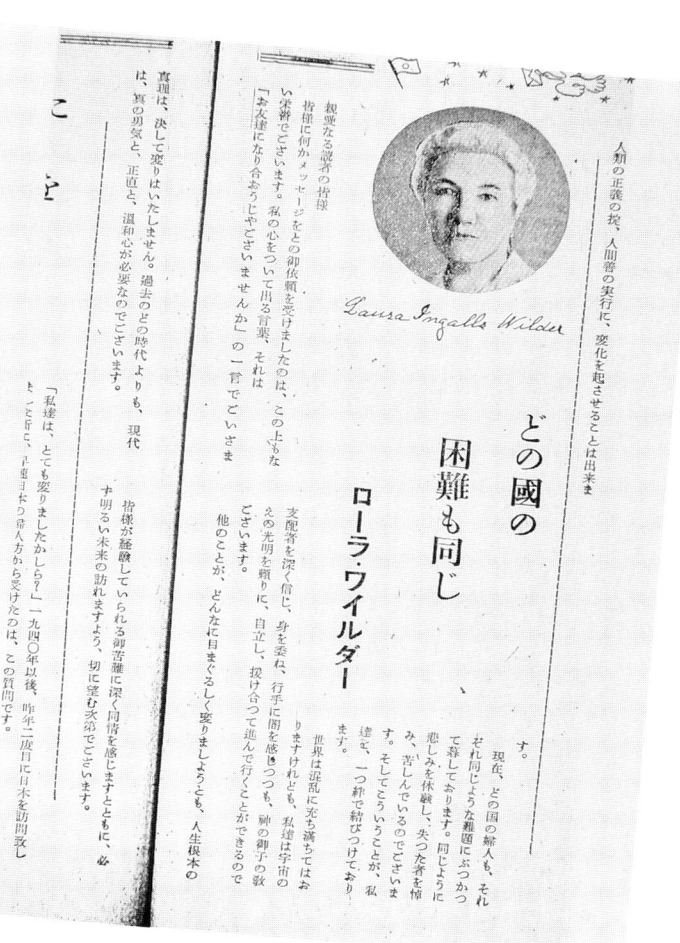

「婦人朝日」（1951年1月号）の表紙とローラのメッセージ。
（資料提供・服部奈美、カナダ在住のローラ研究家）

● "小さな家シリーズ" 本のリスト ●
（＊印は2012年現在入手可能の本）

Little House in the Big Woods （1932年）
『大きな森の小さなお家』柴田徹士訳　文祥堂　1950年
『大きな森の小さな家』白木茂訳　講談社　1965年
『大きな森の小さな家』恩地三保子訳　福音館書店　1972年＊
『大きな森の小さな家』こだまともこ、渡辺南都子訳　講談社　1982年＊
『大きな森の小さな家』山主敏子訳　ぎょうせい　1982年
『大きな森の小さな家』中村凪子訳　角川書店　1988年
『大きな森の小さな家』足沢良子訳　草炎社　2005年＊

Farmer Boy （1933年）
『農場の少年』恩地三保子訳　福音館書店　1973年＊
『農場の少年』こだまともこ、渡辺南都子訳　講談社　1985年＊
『農場の少年』足沢良子訳　草炎社　2006年＊

Little House on the Prairie （1935年）
『草原の小さな家――少女とアメリカ・インディアン』古川原訳　新教育事業協会　1950年
『大草原の小さな家』恩地三保子訳　福音館書店　1972年＊
『大草原の小さな家』こだまともこ、渡辺南都子訳　講談社　1982年＊
『大草原の小さな家』中村凪子訳　角川書店　1988年
『大草原の小さな家』足沢良子訳　草炎社　2005年＊

On the Banks of Plum Creek （1937年）
『新しい大地』庄司史郎訳　新紀元社　1959年
『プラム・クリークの土手で』恩地三保子訳　福音館書店　1973年＊
『プラム川の土手で』こだまともこ、渡辺南都子訳　講談社　1983年＊
『プラム・クリークの土手で』中村凪子訳　角川書店　1989年
『プラムクリークの川辺で』足沢良子訳　草炎社　2005年＊

By the Shores of Silver Lake （1939年）
『シルバー・レイクの岸辺で』恩地三保子訳　福音館書店　1973年＊
『シルバー湖のほとりで』こだまともこ、渡辺南都子訳　講談社　1984年＊
『シルバー湖のほとりで』足沢良子訳　草炎社　2006年＊

The Long Winter （1940年）
『長い冬』石田アヤ訳　コスモポリタン社　1949年
『長い冬』鈴木哲子訳　岩波書店　1955年
『長い冬』谷口由美子訳　岩波書店　2000年＊

Little Town on the Prairie （1941年）
『大草原の小さな町』鈴木哲子訳　岩波書店　1957年
『大草原の小さな町』こだまともこ、渡辺南都子訳　講談社　1986年＊
『大草原の小さな町』谷口由美子訳　岩波書店　2000年＊
『大草原の小さな町』足沢良子訳　草炎社　2007年＊

These Happy Golden Years （1943年）
『この楽しき日々』鈴木哲子訳　岩波書店　1974年
『この輝かしい日々』こだまともこ、渡辺南都子訳　講談社　1987年＊
『この楽しき日々』谷口由美子訳　岩波書店　2000年＊
『この輝かしい日々』足沢良子訳　草炎社　2008年＊

On the Way Home （1962年）
『わが家への道――ローラの旅日記』谷口由美子訳　岩波書店　1983年
『わが家への道――ローラの旅日記』谷口由美子訳　岩波書店　2000年＊

The First Four Years （1971年）
『はじめの四年間』鈴木哲子訳　岩波書店　1975年
『はじめの四年間』谷口由美子訳　岩波書店　2000年＊

West from Home （1974年）
『遥かなる大草原――ローラの手紙』田村厚子訳　世界文化社　1989年

A Little House Traveler （2006年）
『大草原の旅はるか』谷口由美子訳　世界文化社　2007年

〈（　）内の年号は、原書の出版年〉

サイン会で、自分がさし絵を描いた本に
サインをするガース・ウィリアムズ

● その他の関連書 ●
（＊印は2012年現在入手可能の本）

ローラ・インガルス・ワイルダー関連書

- 『大草原の小さな家――ローラのふるさとを訪ねて』
  ウィリアム・アンダーソン文　レスリー・ケリー写真
  谷口由美子構成・訳・文　求龍堂＊
- 『大草原の小さな家と自然』服部奈美著　晶文社＊
- 『ようこそローラの小さな家へ――大草原でのすてきな暮らし』
  C・S・コリンズ、C・W・エリクソン著　奥田実紀訳　東洋書林＊
- 『小さな家の料理の本』バーバラ・ウォーカー著
  本間千枝子、こだまともこ訳　文化出版局＊
- 『ローラからのおくりもの』ウィリアム・アンダーソン編
  谷口由美子訳　岩波書店＊
- 『大草原の小さな家――ローラ・ソングブック』
  ユージニア・ガーソン著　若谷和子訳　世界文化社
- 『ローラのお料理ノート』本間千枝子、本間長世著　文化出版局
- 『ローラ・愛の物語』ドナルド・ゾカート著　小杉佐恵子訳
  S・S・コミュニケーションズ
- 『小さな家のダイアリー』バーバラ・ウォーカー著
  こだまともこ、渡辺南都子訳　文化出版局
- 『大草原のおくりもの――ローラとローズのメッセージ』
  ウィリアム・アンダーソン編　谷口由美子訳　角川書店
- 『ローラ＆ローズ――大草原の小さな家・母と娘の物語』NHK取材班、
  ウィリアム・アンダーソン、谷口由美子著　NHK出版
- 『小さな家のローラ』メガン・スタイン著　こだまともこ訳　講談社
- 『大草原の小さな暮らし』塩野米松著　和田悟写真　講談社
- 『大草原の小さな家の旅』服部奈美著　晶文社
- 『NHKテレビ版　大草原の小さな家』求龍堂
- 『大草原のローラに会いに――小さな家をめぐる旅』
  谷口由美子著　求龍堂
- 『ようこそローラのキッチンへ――ロッキーリッジの暮らしと料理』
  ウィリアム・アンダーソン編　谷口由美子訳　求龍堂
- 『ローラの思い出アルバム』ウィリアム・アンダーソン編
  谷口由美子訳　岩波書店
- 『ローラ・インガルス・ワイルダー伝――「大草原の小さな家」が生まれる
  まで』ジョン・ミラー著　徳末愛子訳　リーベル出版
- 『大草原のローラ――90年間の輝く日々』
  ウィリアム・アンダーソン著　谷口由美子訳　講談社
- 『大草原の小さな家――ローラの世界』C・S・コリンズ、
  C・W・エリクソン著　清水奈緒子訳　求龍堂

かあさん、キャロラインの物語シリーズ
＜クワイナー一家の物語＞

マリア・D・ウィルクス著（1～4）、シーリア・ウィルキンズ著（5～7）土屋京子訳　福音館書店
1.『ブルックフィールドの小さな家』＊
2.『十字路の小さな町』＊
3.『森の小さな開拓者』＊
4.『コンコード・ヒルの上で』＊
5.『せせらぎのむこうに』＊
6.『湖のほとりの小さな町』＊
7.『二人の小さな家』＊

娘、ローズの物語シリーズ
＜新大草原の小さな家シリーズ＞

ロジャー・リー・マクブライド著　谷口由美子訳（1,3,5）、
こだまともこ、渡辺南都子訳（2,4,6）講談社
1.『ロッキーリッジの小さな家』
2.『オウザークの小さな農場』
3.『大きな赤いリンゴの地』
4.『丘のむこうの小さな町へ』
5.『オウザークの小さな町』
6.『ロッキーリッジの新しい夜明け』

ローズ・ワイルダー・レインの著作と関連書

- 『大草原のバラ――ローラの娘ローズ・ワイルダー・レイン物語』
  ウィリアム・アンダーソン文　谷口由美子構成・訳・文　東洋書林＊
- 『わかれ道』ローズ・ワイルダー・レイン著　谷口由美子訳　悠書館＊
- 『大草原物語』ローズ・ワイルダー・レイン著　谷口由美子訳
  世界文化社

●ローラ・インガルス・ワイルダー関係年表●

1836年	チャールズ・フィリップ・インガルス（とうさん）、ニューヨーク州キューバで生まれる。
1839年	キャロライン・レイク・クワイナー（かあさん）、ウィスコンシン州ミルウォーキー郡ブルックフィールドで生まれる。
1857年	アルマンゾ・ジェイムズ・ワイルダー、ニューヨーク州マローン近くで生まれる。（『農場の少年』の舞台）
1860年	とうさんとかあさん、ウィスコンシン州コンコードで結婚する。
1863年	とうさん、ウィスコンシン州ペピンの農場を買う。（『大きな森の小さな家』の舞台）
1865年	メアリ・アミリア・インガルス生まれる。
1867年	ローラ・エリザベス・インガルス生まれる。
1870年	移住先のキャンザス州でキャロライン（キャリー）・セレスティア・インガルス生まれる。（『大草原の小さな家』の舞台）
1871年	インガルス一家、ペピンの農場へ戻る。
1874年	インガルス一家、ミネソタ州ウォルナット・グローブへ移住する。（『プラム・クリークの土手で』の舞台）
1875年	チャールズ・フレデリック・インガルス生まれる。
1876年	チャールズ・フレデリック・インガルス亡くなる。
1876〜77年	インガルス一家、アイオワ州バー・オークに住む。
1877年	グレイス・パール・インガルス生まれる。秋、インガルス一家、ウォルナット・グローブに戻る。
1879年	インガルス一家、ダコタ・テリトリーに移住する。（『シルバー・レイクの岸辺で』『長い冬』『大草原の小さな町』『この楽しき日々』『はじめの四年間』の舞台。『わが家への道』の出発点）
1885年	ローラ・インガルスとアルマンゾ・ワイルダー、ダコタ・テリトリーのデ・スメットで結婚する。
1886年	ローズ・ワイルダー生まれる。
1889年	ローラとアルマンゾの息子が生まれるが、まもなく亡くなる。
1890年	ワイルダー一家、ミネソタ州スプリング・ヴァレーに移る。
1891〜92年	ワイルダー一家、フロリダ州ウェストヴィルで暮らす。
1892年	ワイルダー一家、デ・スメットに戻る。
1894年	ワイルダー一家、ミズーリ州マンスフィールドへ移住する。（『わが家への道』の最終地）
1901年	グレイス、ネイト・ダウと結婚する。
1902年	とうさん、亡くなる。
1909年	ローズ、クレア・ジレット・レインと結婚する。
1910年	ローズの息子が生まれるが、まもなく亡くなる。
1911年	ローラ、「ミズーリ・ルーラリスト」紙に初めての記事を書く。
1912年	キャリー、ディヴィッド・スウォンジーと結婚する。
1918年	ローズ、離婚する。
1919年	ローズの『わかれ道』出版される。
1924年	かあさん、亡くなる。
1928年	メアリ、亡くなる。
1932年	『大きな森の小さな家』出版される。
1933年	『農場の少年』出版される。ローズの『大草原物語』出版される。
1935年	『大草原の小さな家』出版される。
1937年	『プラム・クリークの土手で』出版される。
1939年	『シルバー・レイクの岸辺で』出版される。
1940年	『長い冬』出版される。
1941年	グレイス亡くなる。『大草原の小さな町』出版される。
1943年	『この楽しき日々』出版される。
1946年	キャリー、亡くなる。
1949年	アルマンゾ、亡くなる。
1954年	アメリカ図書館協会がローラ・インガルス・ワイルダー賞を創設し、ローラが最初の受賞者となる。
1957年	ローラ、亡くなる。
1962年	『わが家への道——ローラの旅日記』出版される。
1968年	ローズ、亡くなる。
1971年	『はじめの四年間』出版される。

＊参考書籍　『ローラの思い出アルバム』
ウィリアム・アンダーソン編　谷口由美子訳　岩波書店

●ローラのふるさとへ行きたい人のために●

1. ウィスコンシン州ペピン
   (p.18〜23 参照)
   『大きな森の小さな家』の舞台。
   Laura Ingalls Wilder Memorial Society
   306, Third Street, Pepin, WI 54759 U.S.A.
   www.lauraingallspepin.com

2. キャンザス州インディペンデンス
   (p.24〜31 参照)
   『大草原の小さな家』の舞台。
   Little House on the Prairie Site
   2507 CR 3000, Independence, KS 67301 U.S.A.
   www.littlehouseontheprairiemuseum.com

3. ミネソタ州ウォルナット・グローブ
   (p.34〜43 参照)
   『プラム・クリークの土手で』の舞台。
   Laura Ingalls Wilder Museum
   "On the Banks of Plum Creek"
   330 8th Street, Walnut Grove, MN 56180 U.S.A.
   www.walnutgrove.org

4. アイオワ州バー・オーク
   (p.46〜49 参照)
   Laura Ingalls Wilder Park and Museum
   3603 236th Avenue, Burr Oak, IA 52131 U.S.A.
   www.lauraingallswilder.us

5. サウス・ダコタ州デ・スメット
   (p.50〜89 参照)
   『シルバー・レイクの岸辺で』『長い冬』『大草原の小さな町』
   『この楽しき日々』『はじめの四年間』の舞台。
   Laura Ingalls Wilder Memorial Society
   Box 426, De Smet, SD 57231 U.S.A.   www.liwms.com

   Ingalls Homestead, De Smet, SD 57231 U.S.A.
   www.ingallshomestead.com

6. サウス・ダコタ州キーストーン
   (p.83 参照)
   Keystone Area Historical Society
   Home of Carrie Ingalls
   410 Third Street, Keystone, SD 57751 U.S.A.
   www.keystonehistory.com

7. ミズーリ州マンスフィールド
   (p.90〜109 参照)
   『わが家への道』の目的地。
   Laura Ingalls Wilder Home and Museum
   Rocky Ridge Farm, Mansfield, MO 65704 U.S.A.
   www.lauraingallswilderhome.com

8. ニューヨーク州マローン
   (p.110〜113 参照)
   『農場の少年』の舞台。
   Farmer Boy, Wilder Farmsite
   P.O.Box 287, Malone, NY 12953 U.S.A.
   www.almanzowilderfarm.com

9. ミネソタ州スプリング・ヴァレー
   (p.113 参照)
   Spring Valley Historical Society
   Home of the Wilders
   221 Courtland, Spring Valley, MN 55975 U.S.A.
   www.springvalleymnmuseum.org

●バーバラ・ホーキンズさんが主宰している
   ローラのふるさとを訪ねるツアー
   Little House Site Tours
   www.lhsitetours.homestead.com
   (日本人のための連絡先)
   yiseki@jmail.plala.or.jp   井関百合子

Ingalls Homestead
(Courtesy of South Dakota Department of Tourism)

● テレビドラマ…大草原の小さな家…

テレビドラマ『大草原の小さな家』は、日本では1975年から1982年まで放送され、その後、何度も再放送されている。古き良き時代の大西部を舞台に、優しさと思いやりを持って一生懸命に生きる一家の物語は、多くの人に感動を与えた。

テレビドラマのインガルス一家勢揃い、
前列左から、
かあさん役のカレン・グラッスル、
ローラ役のメリッサ・ギルバート、愛犬ジャック、
後列左から、
とうさん役のマイケル・ランドン、
キャリー役の
リンゼイ＆シドニー・グリーンブッシュ、
メアリ役のメリッサ・スー・アンダーソン

左はアルマンゾに扮したディーン・バトラー　　　　　メリッサ・スー・アンダーソン

"意地悪ネリー"のレストラン　　ネリー役、アリソン・アーングリンと、ウォルナット・グローブで2012年に催された野外劇に登場した牛のリース

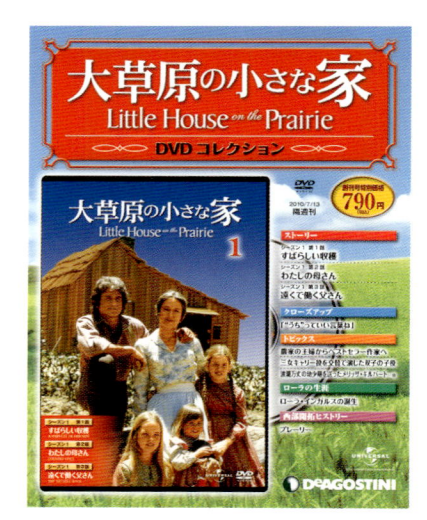

隔週刊
『大草原の小さな家　DVDコレクション』
発売：デアゴスティーニ・ジャパン
http://deagostini.jp/dsd/

© LAURA INGALLS WILDER'S WALNUT GROVE by William Anderson

あとがき（増補改訂版に寄せて）

　初めてローラの物語を読んだのは、小学校5年生のときでした。周りを山に囲まれた、山梨県の甲府盆地で少女時代を過ごしたわたしにとって、ローラの住むアメリカの大草原は、まったく「想像もつかない場所」でした。大人になってローラゆかりの地を訪れてから、その情景を少しでも想像しやすいものにしたいと思ったのが、この写真集を作ることになったきっかけです。ローラ研究家のウィリアム・アンダーソンさんと、写真家のレスリー・ケリーさんと力を合わせ、物語の主人公であり作者であるローラと、その家族の姿を、物語を追いながら、文とイラストと写真であらわしたいと考えたのです。

　初版が出たのは1988年、その後、内容を新しくし、写真を撮り直したりして、新装版が1995年に出ました。最近では、ツアーも盛んになり、ローラゆかりの地を訪れる人がどんどん増えています。ここに載っている写真にも、すでに古くなっているものがいくつかあるでしょうが、これは旅の事細かなガイドブックではなく、ローラの世界に夢をふくらませるための楽しい手がかりと思っていただければ幸いです。

　このたびの増補改訂版では、「絆は海を渡る……ローラと日本」と題して、ローラの物語がどのように日本の読者に伝えられたのか、また、ローラ本人と実際に文通していた日本のペンフレンドたちのことを紹介し、ローラ直筆の手紙を紹介するページを増やしました。1915年8月、ローラは娘ローズの住むサンフランシスコを訪れ、一緒に万国博覧会を見物して回りました。そして、ローラは夫アルマンゾに宛てた手紙で、このように書いています。

「……わたしは生まれて初めて太平洋を見ました。美しいなどという言葉ではとうてい言い表わせません……海岸へおりると、波が踊っていました……わたしも海に入ってみたくなりました……塩水が足を刺激して、その日はずっといい気分でした。ねえ、考えてみてごらんなさい。中国や日本の海岸を洗っていたその海水が、海を渡ってやってきて、わたしの足を洗ったのですよ」（『大草原の旅はるか』より）

　このあと、ローラは"小さな家シリーズ"の執筆にとりかかります。やがて、ローラの物語は海を渡ってやってきて、わたしたちの心を洗い、感動で満たしてくれたのです。

　ローラが好きで、ローラのことを共に話しあえるクラブを、わたしは1988年に作りました。名前は、リトルハウス・クラブ、参加資格は、「ローラが好き」だけです。ご興味のある方はどうぞご参加ください。

Little House Club
LHC事務局：〒600－8216　京都中央郵便局留
E-mail: littlehouse1886@gmail.com

2013年10月
谷口由美子

著者略歴

文

ウィリアム・T・アンダーソン
William T. Anderson

ローラ・インガルス・ワイルダー研究家、歴史家として、多くの著書や論文があり、ローラ研究では数々の賞を受賞している。15歳のときに、最初の本『インガルス一家の話』を書く。ローラ関係以外の本に、『若草物語——ルイザ・メイ・オルコットの世界』と『サウンド・オブ・ミュージックの世界——トラップ一家の歩んだ道』(求龍堂)がある。
アメリカ、ミシガン州在住。

構成・訳・文

谷口由美子
Yumiko Taniguchi

児童文学翻訳家。主にアメリカ児童文学の翻訳、研究に携わっている。ローラ関係以外の本に、『青い城』(角川書店)、『ミンティたちの森のかくれ家』(文渓堂)、『秘密の花園』(講談社) など多数。ウィリアム・アンダーソンと共に『若草物語——ルイザ・メイ・オルコットの世界』と『サウンド・オブ・ミュージックの世界——トラップ一家の歩んだ道』(求龍堂)を編著。
リトルハウス・クラブ発起人。東京都在住。

写真

レスリー・A・ケリー
Leslie A. Kelly

フォト・ジャーナリスト、トラベル・ライター。アメリカ各地を旅行し、アメリカの風物写真をとっている。とくにローラ・インガルス・ワイルダーゆかりの地の写真には、定評がある。そのほか、America's Amish Country, California's Gold Rush Country などの写真集がある。
アメリカ、カルフォルニア州在住。

増補改訂版
大草原の小さな家
ローラのふるさとを訪ねて

●

発行日
2013年11月16日

●

文
ウィリアム・T・アンダーソン

●

構成・訳・文
谷口由美子

●

写真
レスリー・A・ケリー

●

ブックデザイン
内藤正世

●

発行者
足立欣也

●

印刷・製本
公和印刷株式会社

●

発行所
株式会社求龍堂
〒102-0094 東京都千代田区紀尾井町3-23
文藝春秋新館1F
電話03-3239-3381(営業)
電話03-3239-3382(編集)
http://www.kyuryudo.co.jp

●
●
●

原書よりの抜粋文(✤印)は、すべて谷口由美子の訳による

©2013 Kyuryudo, Printed in Japan
ISBN978-4-7630-1328-6 C0072

本書掲載の記事・写真等の無断複写・複製・転載、及び情報システム等への入力を禁じます。

落丁・乱丁はお手数ですが小社までお送りください。送料は小社負担でお取替えいたします。